T0009963

Los elefantes pueden recordar

Biblioteca Agatha Christie
Novela

Biografía

Agatha Christie es la escritora de misterio más conocida en todo el mundo. Sus obras han vendido más de mil millones de copias en la lengua inglesa y mil millones en otros cuarenta y cinco idiomas. Según datos de la ONU, sólo es superada por la Biblia y Shakespeare.

Su carrera como escritora recorrió más de cincuenta años, con setenta y nueve novelas y colecciones cortas. La primera novela de Christie, *El misterioso caso de Styles*, fue también la primera en la que presentó a su formidable y excéntrico detective belga, Poirot; seguramente, uno de los personajes de ficción más famosos. En 1971, alcanzó el honor más alto de su país cuando recibió la Orden de la Dama Comandante del Imperio Británico. Agatha Christie murió el 12 de enero de 1976.

Agatha Christie
Los elefantes pueden recordar

Traducción: Ramón Margalef Llambrich

ESPASA

Obra editada en colaboración con Grupo Planeta – Argentina

Título original: *Elephants Can Remember*

© 1972, Agatha Christie Limited
© 1973, Traducción: Editorial Molino
Traducción: Ramón Margalef Llambrich

© 2015, Grupo Editorial Planeta S.A.I.C.– Buenos Aires, Argentina

Derechos reservados

© 2018, Editorial Planeta Mexicana, S.A. de C.V.
Bajo el sello editorial BOOKET M.R.
Avenida Presidente Masarik núm. 111,
Piso 2, Polanco V Sección, Miguel Hidalgo
C.P. 11560, Ciudad de México
www.planetadelibros.com.mx

AGATHA CHRISTIE, POIROT y la firma de Agatha Christie son
marcas registradas de Agatha Christie Limited en todo el mundo. Todos los
derechos reservados. Iconos Agatha Christie Copyright © 2013 Agatha
Christie Limited. Usados con permiso.

Agatha Christie

Ilustraciones de portada: Rocío Fabiola Tinoco Espinosa y Miguel Angel
Chávez Villalpando / Grupo Pictograma Ilustradores
Adaptación de portada: Alejandra Ruiz Esparza

Primera edición impresa en Argentina: julio de 2015
ISBN: 978-987-580-749-5

Primera edición impresa en México en Booket: septiembre de 2018
Primera reimpresión en México en Booket: junio de 2022
ISBN: 978-607-07-5218-6

No se permite la reproducción total o parcial de este libro ni su incorporación a
un sistema informático, ni su transmisión en cualquier forma o por cualquier
medio, sea éste electrónico, mecánico, por fotocopia, por grabación u otros
métodos, sin el permiso previo y por escrito de los titulares del *copyright.*

La infracción de los derechos mencionados puede ser constitutiva de delito
contra la propiedad intelectual (Arts. 229 y siguientes de la Ley Federal de
Derechos de Autor y Arts. 424 y siguientes del Código Penal).

Si necesita fotocopiar o escanear algún fragmento de esta obra diríjase al
CeMPro (Centro Mexicano de Protección y Fomento de los Derechos de Autor,
http://www.cempro.org.mx).

Impreso en los talleres de Impresora Tauro, S.A. de C.V.
Av. Año de Juárez 343, Colonia Granjas San Antonio, Iztapalapa
C.P. 09070, Ciudad de México.
Impreso en México –*Printed in Mexico*

Guía del lector

A continuación se relacionan en orden alfabético los principales personajes que intervienen en esta obra

Burton-Cox (Mistress): Madre adoptiva de Desmond.

Burton-Cox (Desmond): Hijo adoptivo de la anterior y novio de Celia Ravenscroft.

Garroway (Inspector): Inspector de policía, en situación de retirado.

Maddy (Mademoiselle Rouselle): Institutriz en casa de la familia Ravenscroft.

Oliver (Ariadne): Famosa autora de novelas policíacas.

Poirot (Hércules): Célebre detective.

Preston-Grey (Dorothea) y Preston-Grey (Margaret): Hermanas gemelas.

Ravenscroft (Celia): Hija del general Ravenscroft y Margaret Preston-Grey.

Ravenscroft (general): Esposo de Margaret Preston-Grey y padre de Celia.

Zélie (Mademoiselle Meauhourat): Institutriz y dama de compañía en casa de los Ravenscroft.

Capítulo primero

UN ÁGAPE LITERARIO

Mistress Oliver se contempló en el espejo. Luego, miró de soslayo el reloj que había sobre la repisa de la chimenea. Vagamente, recordó que marcaba la hora con unos veinte minutos de retraso. Seguidamente, tornó a la tarea que tenía entre manos, el estudio de su peinado.

Lo peor de mistress Oliver era que cambiaba a cada paso de estilo de peinado. Ella reconocía esta debilidad suya. Los había probado todos, por riguroso turno. Al severo estilo «pompadour» de cierto momento había seguido otro basado en el desorden, como trazado por una fugaz ráfaga de viento, que daba lugar a una expresión del rostro más bien intelectual. (Bueno, ella esperaba que resultase intelectual, al menos.) A los rizos geométricos había seguido el artístico desarreglo. Al final tuvo que admitir que aquel día su peinado era lo menos importante, un detalle accesorio, puesto que se iba a poner lo que en raras ocasiones usaba: un sombrero.

En la parte superior del guardarropa de mistress Oliver había cuatro sombreros. Uno de ellos, concretamente, estaba destinado a las bodas. Para asistir a una boda hay que llevar un sombrero especial, ya que no todos sirven con vistas a tales acontecimientos. Mistress Oliver, precavida, tenía en realidad dos de esta clase. Uno de ellos, guardado en una caja redonda, era de plumas. Se ajustaba perfectamente a su cabeza y resultaba muy útil cuando, por ejemplo, al salir de un coche para pasar al interior del templo (o de un edificio oficial, como venía ocurriendo ahora, con frecuencia) caía algún pequeño e inesperado chubasco.

El otro sombrero era más complicado. Estaba destinado a las bodas veraniegas que se celebraban los sábados por la tarde. Tenía flores, encajes y una amarilla y corta redecilla.

Los otros dos sombreros del guardarropa eran de aplicación más generalizada. Uno de ellos era el denominado por mistress Oliver su «sombrero de casa de campo». Estaba hecho de fieltro y se acomodaba a muchos vestidos, puesto que contaba con un amplio borde inferior que podía abatirse o levantarse.

Mistress Oliver tenía un jersey grueso, de abrigo, y otro fino, para los días simplemente cálidos. Ambas prendas, por su color, se acomodaban al tocado. Sin embargo, aunque los jerseys eran frecuentemente usados por ella, el sombrero, prácticamente, quedaba siempre en el guardarropa, ya que, en verdad, ¿qué objeto tenía ponerse un sombrero para ir al campo, donde el único objetivo era comer con unos amigos?

El cuarto sombrero era el más caro de los cuatro y reunía extraordinarias y duraderas ventajas. Mistress Oliver pensaba a veces que por eso le había costado bastante. Consistía en una especie de turbante, de varias capas de terciopelo que contrastaban entre sí por sus matices, haciendo que el sombrero fuese bien con todos los vestidos.

Mistress Oliver se detuvo, dudosa, llamando en su auxilio a Mary.

—¡Mary! —dijo, levantando la voz—. ¡Mary! Ven acá un momento.

Acudió Mary en su ayuda. La mujer estaba acostumbrada a aconsejar a mistress Oliver sobre la mayoría de sus atuendos.

—Va usted a llevar ese bonito y elegante sombrero, ¿verdad? —inquirió Mary.

—Sí —confirmó mistress Oliver—. Yo quisiera saber, sin embargo, si queda mejor colocado así o de la otra manera.

Mary dio un paso atrás, estudiando el sombrero.

—Yo creo que se lo ha colocado al revés —aventuró Mary.

—Sí, ya lo sé. Lo sé perfectamente, pero no sé por qué he figurado que queda mejor así.

—¿Por qué había de quedarle mejor?

—Es que así se ven los terciopelos azules y negros, que son preciosos. De la otra manera, lo que se ve en seguida son los tonos verde, rojo y chocolate, menos bonitos.

Mistress Oliver se quitó en ese momento el sombrero, cambiándolo de posición sobre su cabeza, fijando una intermedia.

—No, no —dijo Mary—. Así no le va bien a su rostro. Creo que no le iría bien a ninguna mujer.

—Me parece que, en fin de cuentas, me lo pondré como siempre lo he llevado, derecho.

—Pues sí, es más seguro —corroboró Mary.

Mistress Oliver se quitó el sombrero. Mary la ayudó a ponerse un bien cortado vestido de lana de color castaño. Seguidamente procedieron entre las dos a ajustar el sombrero.

—Está usted muy elegante —manifestó Mary.

Esto era lo que a mistress Oliver le agradaba más de ella. Cuando se le daba un leve pretexto, Mary tenía siempre esa salida.

—¿Va usted a pronunciar algún discurso después del almuerzo?

—¡Un discurso! —mistress Oliver pareció sentirse horrorizada—. No, desde luego que no. Tú sabes que yo no hago nunca discursos.

—Bueno, yo creí que eso era lo obligado en las comidas literarias. A la de ahora van a asistir escritoras famosas, ¿no?

—Yo no tengo por qué pronunciar ningún discurso —afirmó mistress Oliver—. De eso se encargarán otras personas que sabrán quedar en mejor lugar que yo...

—Estoy convencida de que si usted quisiera podría pronunciar un bonito discurso —aseguró Mary, queriendo tentarla.

—Ni hablar. Sé muy bien de lo que soy capaz. Conozco mis limitaciones, Mary. Jamás podré pronunciar un discurso. Creo que me pondría nerviosa, que tartamudearía, que repetiría las cosas. Causaría una mala impresión en mis oyentes. Lo de escribir es algo distinto. Paso incluso por lo de dictar palabras, frases. Me las arreglo bien con el lenguaje, siempre y cuando no me empeñe en componer un discurso.

—Bien, mistress Oliver. Estoy segura de que todo saldrá a su gusto. No obstante, si usted quisiera... Va a ser una comida importante, ¿verdad?

—Sí —repuso mistress Oliver—. Muy importante.

«¿Por qué habré aceptado yo esta invitación?», se preguntó a continuación. A ella le agradaba conocer sus motivaciones con anterioridad a los hechos en lugar de obrar y preguntarse después la razón de sus actos.

Mary había regresado apresuradamente a la cocina. Había dejado algo en el fuego minutos antes.

—Supongo —se respondió a sí misma mistress Oliver, en voz alta— que en esta ocasión me ha impulsado la curiosidad. Me han pedido muchas veces que asistiera a comidas y cenas literarias, pero jamás había aceptado antes de ahora...

Mistress Oliver llegó al último plato del ágape con un suspiro de satisfacción, dedicándose a juguetear con los residuos de merengue que quedaban frente a ella. Le gustaban los merengues y aquél le había parecido delicioso, al final de un espléndido menú...

No obstante, cuando una persona llega a la edad media de la vida, debe andar con cuidado con los merengues. ¡Los dientes!

Éstos suelen tener un aspecto magnífico. Se disfruta de la gran ventaja de que no pueden doler: son blancos, parejos... Los dientes postizos son como los auténticos, exteriormente. Pero no son lo mismo, claro. Y los dientes postizos no se elaboran con materiales de alta calidad. Al menos, esto era lo que mistress Oliver creía. Ella siempre había entendido que los perros, por ejemplo, poseían unos dientes de marfil auténtico, en tanto que los de los seres humanos eran de hueso, simplemente. O de plástico, suponía, en el caso de los postizos.

El caso era que cuando una persona se veía obligada a utilizar una dentadura postiza, al sentarse a la mesa debía adoptar ciertas precauciones. De lo contrario, podía pasar muchos apuros. La lengua, por ejemplo, era un plato difícil, así como las almendras saladas, los pasteles de chocolate con rellenos duros, los caramelos y el merengue, deliciosamente adherentes. Con un suspiro de satisfacción, engulló el último bocado. Sí. Aquélla había sido una buena, una buenísima comida.

Mistress Oliver lo había pasado bien. Habíase sentido a gusto en seguida entre las personas que la rodeaban. La comida, en principio pensada para festejar a varias célebres escritoras, se había ampliado, por fortuna, acogiendo los organizadores a varios escritores y críticos y también a miembros distinguidos del público lector. A mistress Oliver le había tocado sentarse entre dos encantadores representantes del sexo masculino.

Uno de ellos era Edwin Aubyn, cuyas poesías siempre habían sido de su agrado. Aubyn era un gran conversador, que había vivido diversas experiencias interesantes durante sus viajes por el extranjero. El tema de la buena mesa le gustaba mucho y los dos, de mutuo acuerdo, hablaron de platos y restaurantes famosos, dejando a un lado la literatura.

Sir Wesley Kent, al otro lado de mistress Oliver, había sido para ella también un agradable compañero de mesa. Había dicho no pocas cosas halagadoras acerca de sus libros, pero de un modo muy particular, que no la hacía sentirse abrumada. Al justificar su interés por dos o tres de sus obras, había sabido exponer argumentos convincentes, por cuyo motivo mistress Oliver se formó una opinión muy favorable de él.

Mistress Oliver se dijo que los elogios, cuando vienen de los hombres, son siempre aceptables. Las mujeres caían en unos extremos ridículos, absurdos. ¡Qué cosas le habían escrito algunas! Claro, no sólo recibía cartas de mujeres. A veces, le escribían jóvenes emocionales que vivían en remotos países. Una semana atrás había recibido una carta de un admirador en la que le decía: «Leyendo su libro me he dado cuenta de lo noble que debe de ser usted». Después de la lectura de *La Segunda Carpa*, el joven había caído en una especie de éxtasis literario que a juicio de mistress Oliver no estaba justificado. Francamente, lo encontraba algo exagerado.

Ella no era modesta por sistema. Creía, sinceramente, que las novelas policíacas que escribía figuraban entre las buenas del género. Algunas quedaban por debajo del nivel general de su obra y otras lo superaban. Pero no había escrito nada que pudiera inducir a la gente a pensar que ella era una mujer muy noble. Era, sencillamente, una mujer afortunada que había tenido la suerte de llegar a escribir cosas que a la gente le gustaba leer. «Una suerte maravillosa», se dijo mistress Oliver.

Bien. Considerando todas las cosas que habían concurrido en aquella comida, había salido de la prueba complacida. Había pasado un buen rato, charlando con personas agradables. Ya se trasladaban todos al sitio en que iba a ser servido el café. Se le deparaba, pues, la oportunidad de alternar con otros asistentes al ágape literario. Mistress Oliver sabía perfectamente que éste era uno de los momentos más peligrosos de la reunión. Ahora surgirían algunas mujeres, cuyos ataques tendría que soportar. Los ataques, por supuesto, serían a base de extremados elogios. En estas condiciones, ella se sentía siempre ineficiente. No daba jamás con las respuestas adecuadas porque era difícil contestar adecuadamente.

Afirmación clásica: «Tengo que decirle que me agrada mucho leer sus libros, que a mi juicio son maravillosos».

Contestación de la agobiante autora (en su caso): «¡Oh! Es usted muy amable. Me satisface muchísimo que le gusten mis obras».

«Hace meses que deseaba conocerla. Ésta es una experiencia realmente deliciosa.»

«¡Oh! Muy amable, muy amable. De veras.»

Estos diálogos se producían así. Los dos interlocutores no acertaban a dar con otro tema. Había que hablar forzosamente de los libros propios, o de los de la otra persona, si se conocían. Era una especie de telaraña literaria, de la que no había manera de salir. Algunas escritoras se las arreglaban bien, pero mistress Oliver era consciente de su falta de habilidad en ese terreno. Con ocasión de una breve visita a una embajada de su país en el extranjero, una amiga suya había llegado a darle ciertas normas, a su parecer, de gran utilidad.

—La he estado escuchando —le dijo Albertina, una encantadora joven—. He estado escuchando sus contestaciones a las preguntas que le hizo ese periodista que vino a entrevistarla. No se ha mostrado debidamente orgullosa de su trabajo, a mi entender. Usted debiera haber dicho: «Sí. Yo escribo bien. Entre las escritoras que cultivan el género policíaco soy la mejor».

—Bueno, a mí no se me da mal el género, pero…

—¿Ve usted? Hay que hacer afirmaciones más rotundas, mistress Oliver.

—Albertina querida —contestó mistress Oliver—, esos periodistas deberían entrevistarse contigo. Tú sabrías quedar en mejor lugar que yo. ¿Por qué no te haces pasar por mí un día? Yo me limitaría a escuchar vuestra conversación al otro lado de la puerta.

—Sí. No es mala su idea. Nos divertiríamos bastante. Pero el periodista de turno se daría cuenta en seguida del engaño. La conocen por las fotografías. Usted diga siempre: «Yo soy la mejor escritora de novelas policíacas». Esto se lo tiene que decir a todos. La prensa aireará sus palabras. ¡Oh, sí! Resulta terrible oírle hablar de su labor en tono de excusa. Tiene usted que cambiar. Debe adoptar esa táctica.

Mistress Oliver pensaba que en aquella ocasión se había comportado como una actriz torpe, que no logra aprender su papel. El director (Albertina) la había llevado de la mano, esforzándose por conducirla por el buen camino.

Bien. Allí no se había visto en situaciones apuradas. Habíanla abordado unas cuantas mujeres, que la esperaban cuando abandonaron la mesa. Todavía veía dos o tres por los alrededores. Era igual. Si le dedicaban algunos elogios, respondería: «Es usted muy amable. Me siento muy complacida por sus palabras. Para mí es una gran satisfacción saber que a la gente le gusta leer mis libros». Recurriría a las frases de siempre. Y en cuanto se le deparara una oportunidad saldría de allí, despidiéndose cortésmente de las personas que estuviesen más cerca de ella.

Miró a su alrededor, descubriendo los rostros de algunos amigos y admiradores. A cierta distancia divisó a Maurine Grant, una persona muy divertida. Hombres y mujeres habían abandonado ya la mesa, repartiéndose por sillas, sillones, sofás y acogedoras rinconeras. Estaba viviendo el momento de mayor peligro, se dijo mistress Oliver. En el instante menos pensado podía verse abordada por alguien no recordado por ella; por alguien con quien no quería hablar o que deseaba evitar a toda costa.

De pronto, sus ojos se fijaron en una mujer de gran estatura

14

y además corpulenta. Era lo que un francés hubiera denominado *une femme formidable*. Sus ademanes eran seguros, como de quien está habituado al mando. Evidentemente, conocía a mistress Oliver. O intentaba trabar relación con ella.

—¡Oh, mistress Oliver! —dijo la mujer, que tenía una voz muy aguda—. ¡Cuánto me alegra verla! Hace mucho tiempo que deseaba conocerla. Sus libros me encantan. A mi hijo le pasa lo mismo. Y mi esposo es incapaz de viajar sin llevar consigo dos o tres libros suyos. Pero, ¿por qué no nos sentamos? Quería hacerle unas cuantas preguntas.

«¡Vaya! —pensó mistress Oliver—. Este tipo de mujer no es el que más me agrada, desde luego. Pero como he de estar con alguien…»

Mistress Oliver se vio conducida, como guiada por un policía, hasta un sofá de dos plazas situado en uno de los rincones de la estancia. Su nueva amiga aceptó una taza de café, colocando una taza ante ella, sobre una mesita.

—Ya estamos servidas y acomodadas, ¿ve? Supongo que mi nombre no le es conocido. Soy mistress Burton-Cox.

—¡Oh, sí! —exclamó mistress Oliver, nerviosa, como de costumbre en tales situaciones.

¿Mistress Burton-Cox? ¿También se dedicaba a escribir libros? Pues no. No recordaba nada absolutamente acerca de ella. Pero le parecía haber oído o leído aquel apellido en alguna parte. Una leve idea cruzó su mente. ¿Lo habría leído en algún libro sobre política? Nada de novelas policíacas, de simple entretenimiento; nada de literatura de evasión. ¿Se enfrentaba con una intelectual de ideas políticas o sociológicas? «Bueno —pensó mistress Oliver—. Si me habla de cosas que no entiendo saldré fácilmente del paso exclamando: "¡Qué interesante!"».

—Se quedará usted sorprendida, realmente, cuando sepa lo que voy a preguntarle… —dijo mistress Burton-Cox—. Verá. Leyendo sus libros me he dado cuenta de que es usted una mujer de sentimientos, que comprende perfectamente al ser humano. He pensado que si hay alguien en este mundo capaz de responder a mi pregunta, esa persona es usted.

—La verdad, yo no sé si… —empezó a decir mistress Oliver, dudando de su capacidad para ponerse a la altura de los conceptos que iba a esgrimir seguramente su interlocutora.

Mistress Burton-Cox sumergió en su taza un terrón de azúcar, triturándolo con su cucharilla de un modo… carnívoro, como si hubiese sido un hueso. O un diente de marfil, quizá, pensó mistress Oliver. ¿Marfil? Los perros tenían marfil, como las morsas, como los mismos elefantes, desde luego. Unos grandes colmillos de marfil. Mistress Burton-Cox estaba diciendo:

—He aquí ahora lo primero que deseo preguntarle... Estoy segura, completamente segura, ¿eh?, de que usted tiene una ahijada, una ahijada que se llama Celia Ravenscroft. ¿Es así?

—¡Oh! —exclamó mistress Oliver, gratamente sorprendida.

Había pensado en seguida que con aquel tema de la ahijada podía salir bien parada en aquella conversación, quizás. Ella tenía muchas ahijadas. Y ahijados también. Había momentos, a medida que pasaban los años, en que no acertaba a recordarlos a todos.

Había cumplido con su deber en ciertas épocas de su existencia, enviando regalos a sus ahijados por Navidad, visitándolos, a ellos y a sus padres; había llegado a ir a los colegios que los chicos y chicas frecuentaban, para llevarlos y traerlos. Posteriormente, al cumplir ellos los veintiún años, una fecha señalada, habíase portado como una buena madrina, haciendo acto de presencia en sus hogares, lo mismo que, más adelante, en la etapa nupcial; siempre con el presente adecuado o el regalo en metálico, u otra atención cualquiera por el estilo. Seguidamente, los ahijados, de uno y otro sexo, se habían ido alejando de su vida. Unas veces porque establecían sus casas en países extranjeros y otras porque ejercían sus profesiones a muchos kilómetros de su residencia o se ocupaban de proyectos que no les dejaban parar un momento. El caso era que, lentamente, se desvanecían. Por supuesto, mistress Oliver se alegraba mucho cuando, de repente, por cualquier causa, volvía a verlos. Pero entonces ya le costaba trabajo recordar cuándo había tenido lugar la última entrevista, quiénes eran sus padres, qué circunstancias especiales le habían llevado a amadrinar a una criatura.

—Celia Ravenscroft... —murmuró mistress Oliver, esforzándose sinceramente por hacer memoria—. Sí, sí, claro. Sí. Ya la recuerdo.

Desde luego, a su memoria no acudía ninguna imagen reciente de Celia Ravenscroft. El bautizo... Había estado presente en el bautizo de la niña, naturalmente, regalándole un precioso colador de plata estilo Reina Ana. Era muy bonito, sí. Servía para filtrar la leche y, más adelante, la niña podría vender su regalo fácilmente, cuando quisiera hacerse de unas monedas en el acto. Sí. Se acordaba muy bien del fino colador. Estilo Reina Ana... ¡Con qué facilidad se acordaba mistress Oliver de las cafeteras, coladores o tazas de la fiesta del bautizo! Mejor, mucho mejor que de la criatura bautizada, protagonista del acontecimiento.

—Sí —contestó—. Desde luego. Pero hace mucho tiempo que no veo a Celia.

—¡Oh, sí! Celia es, hay que decirlo, una muchacha bastante impulsiva —declaró mistress Burton-Cox—. He de señalar que sus ideas cambian muy a menudo. Hay que reconocer que es una intelectual, a quien se le dio bien la universidad. En cuanto a sus nociones políticas... Supongo que la gente joven de ahora tiene ideas políticas más o menos definidas.

—Tengo que confesarle que en cuestiones políticas soy una ignorante —manifestó mistress Oliver, para quien la política había constituido siempre un enigma inexplicable.

Pienso confiarme a usted. Voy a decirle qué es exactamente lo que quiero saber. Espero que no se molestará por ello. Sé por ciertas personas que la han tratado que es usted muy amable, que siempre está dispuesta a complacer a los demás.

«¿Estará pensando esta mujer en pedirme dinero en concepto de préstamo?», se preguntó ahora mistress Oliver. Habían sido varias las personas que obraran así tras una preparación semejante a la contenida en aquel preámbulo.

—Se trata de un asunto que reviste el máximo interés para mí. Es algo que me he creído en la obligación de averiguar. Celia va a casarse con mi hijo, Desmond...

—¿De veras?

—Al menos, tal es su propósito en estos momentos. Desde luego, una debe estar al tanto de la gente que la rodea y hay algo que quiero saber a toda costa. Es una pregunta extraordinaria la mía, una pregunta que no se puede formular a cualquiera, a una persona desconocida. Yo ya no la tengo a usted por tal, mi querida mistress Oliver.

«Ojalá no fuese así», pensó esta última. Progresivamente, se estaba poniendo nerviosa. ¿Tendría Celia un hijo ilegítimo? ¿Iría a tenerlo acaso? La mujer podría preguntarle si estaba al tanto de los hechos, solicitando de ella detalles. Era éste un movimiento muy torpe, sin embargo. «Por otra parte —se dijo mistress Oliver—, hace cinco o seis años que no la veo y debe de tener ahora veinticinco o veintiséis. Por tanto, es natural que diga que no sé nada.»

Mistress Burton-Cox se inclinó hacia delante, haciendo una profunda inspiración.

—Quiero que me conteste a la siguiente pregunta, porque estoy segura de que usted debe estar enterada o tener una idea muy aproximada sobre lo que pasó realmente: ¿mató la madre al padre o fue éste quien dio muerte a aquélla?

Mistress Oliver había estado esperando muchas salidas, pero aquélla no. Se quedó mirando fijamente a mistress Burton-Cox, haciendo un gesto de incredulidad.

—Es que yo no... —balbució—. No... no comprendo. Quiero decir que no sé por qué razón...

—Querida mistress Oliver: usted debe de estar enterada de eso... Fue un caso famoso... Sí, ya sé que ha transcurrido mucho tiempo desde entonces, diez o doce años por lo menos, pero en su día acaparó la atención del gran público. Seguro que lo recuerda. Tiene que recordarlo, a la fuerza.

Mistress Oliver buscaba desesperadamente una respuesta. Celia era su ahijada. Esto era cierto. La madre de Celia, de soltera Molly Preston Grey, amiga suya, aunque no particularmente íntima, había contraído matrimonio con un militar, sí, con... ¿cómo se llamaba...? En efecto, con sir No-sé-qué Ravenscroft. ¿O había sido él embajador? Resultaba extraordinario que no pudiese recordar semejantes detalles. Tampoco se acordaba de si había sido ella dama de honor de Molly. Pensó que sí. Una elegante reunión en la Guards Chapel con motivo del enlace matrimonial. O tal vez éste tuvo por escenario otro lugar semejante. Estas cosas se olvidan, decididamente.

Después habían transcurrido años sin verse. El matrimonio se había ido a vivir a... ¿a Oriente Medio?, ¿a Persia?, a Irak, tal vez... ¿Habían estado en Egipto? ¿En Malasia? En algunas ocasiones, hallándose temporalmente en Inglaterra, se habían visto de nuevo. Pero aquello era como una de esas fotografías que se tocan y se miran luego alguna que otra vez. Se recuerda a las personas de la instantánea vagamente; sus imágenes están tan desdibujadas en la mente que no se acierta a identificarlas concretamente. Y ella no acertaba a calibrar ahora hasta qué punto habíanse adentrado en su vida sir No-sé-qué Ravenscroft y lady Ravenscroft, de soltera Molly Preston Grey. Creía que no mucho... Ahora bien, mistress Burton-Cox continuaba escrutando su rostro. La miraba como si se sintiera decepcionada por su falta de *savoir faire*, por no lograr recordar lo que había sido, evidentemente, una *cause célèbre*.

—¿Murieron los dos? ¿En un accidente, quiere usted decir?

—¡Oh, no! No fue un accidente. Todo ocurrió en una casa situada junto al mar. En Cornualles, me parece. Era un sitio donde había muchas rocas. Los dos fueron encontrados en una escarpadura. Y habían disparado sobre ellos. La policía no pudo concretar nada. ¿Había disparado la mujer sobre el marido, suicidándose a continuación? ¿O había sido el marido quien disparara sobre la esposa, matándose después? La policía estudió los proyectiles y diversos elementos del caso, pero tropezó con muchas dificultades para poder pronunciarse en un sentido u otro. Se pensó en un doble suicidio, previo acuerdo del matrimonio... No sé qué veredicto se dio. Se estimó la posibilidad de una desgracia. Todo el mundo estaba de acuerdo en que tenía que tratarse de algo intencionado. Fueron muchas las historias puestas en circulación...

—Posiblemente, todas ellas inventadas gratuitamente —manifestó mistress Oliver, esperanzada, tratando de recordar cualquiera de ellas.

—Bueno, es posible. ¿Quién sabe? Se dijo que aquel día, o antes, el matrimonio había reñido; se habló de otro hombre; se habló, ¿cómo no?, de otra mujer... Nadie sabe qué pasó, verdaderamente. Creo que se procuró silenciar en la medida de lo posible el caso, porque el general Ravenscroft era hombre de elevada posición social. Me parece que se dijo también que había estado en una clínica aquel año, de la cual había salido muy deprimido, no siendo dueño de sus actos...

Mistress Oliver habló con firmeza:

—Tengo que confesar que no sé una palabra sobre ese asunto. ¡Oh! Recuerdo el caso, desde luego, por haber hablado usted de él ahora; recuerdo los nombres de los protagonistas, que yo conocía. Ignoro, en cambio qué pudo pasar. Es que no tengo ni idea.

A mistress Oliver le hubiera gustado añadir a su breve discurso: «¿Cómo se ha atrevido a hacerme una pregunta tan impertinente, mistress Burton-Cox? Es algo que tampoco me explico, créame».

—Es muy importante que yo sepa a qué atenerme —declaró mistress Burton-Cox.

Por vez primera sus ojos tenían ahora una dura expresión.

—Es importante porque mi hijo, mi querido hijo, va a casarse con Celia.

—Creo que no puedo complacerla —contestó mistress Oliver—. No conozco la versión cierta del caso.

—Sin embargo, lo lógico es pensar que usted lo sabe... —insistió mistress Burton-Cox—. Me explicaré... Usted escribe unas

19

novelas de crímenes maravillosas. Usted conoce la psicología del criminal y sus móviles. Estoy convencida de que más de una vez le habrán referido cosas no publicables, cosas que explican determinados actos misteriosos para los demás.

—Yo no sé nada —contestó mistress Oliver, en un tono menos cortés ahora.

—Usted se dará cuenta de que una no tiene a quién recurrir, de que una no sabe a quién dirigirse para formular esa pregunta. Al cabo de tantos años, yo no puedo ir en busca de la policía... Aparte de que ésta, de hallarse informada, no me revelaría nada, ya que se intentó acallar la cuestión. No obstante, sigo considerando muy importante conocer la verdad.

—Yo me dedico a escribir libros solamente —manifestó mistress Oliver, muy fría—. Estos libros son fruto de mi imaginación. Personalmente, no sé nada acerca del crimen, ni tengo opiniones determinadas en lo tocante a las cuestiones criminológicas. Temo no poder serle de utilidad en ningún aspecto.

—Pero usted podría hacerle esa pregunta a su ahijada. Podría hablar con Celia.

—¿Hacerle la pregunta a Celia? —inquirió mistress Oliver, muy sorprendida—. ¿Cómo voy a dar yo ese paso? Ella tenía... Bueno, creo que era una niña cuando se produjo aquel trágico acontecimiento.

—A pesar de eso, Celia debe de estar informada —aseguró mistress Burton-Cox—. Hay pocas cosas que los niños ignoren. Ella se lo dirá todo a usted. Estoy convencida de que se lo dirá.

—A mí me parece que lo más natural sería que la interrogara usted directamente —aventuró mistress Oliver.

—No me es posible... Ya que puede ser que Desmond se disgustara. Todo lo de Celia le afecta mucho y..., estoy segura de que Celia se explayaría con usted.

—Ni por un solo momento he pensado en someterla a un interrogatorio —contestó mistress Oliver, quien hizo como si consultara su reloj de pulsera—. ¡Oh, querida! Llevamos charlando mucho tiempo ya. La comida de hoy ha sido deliciosa... Pero tengo que irme. Estoy citada con una persona. Adiós, mistress Burton-Cox. Lamento no poder complacerla. Usted se hará cargo: estas cuestiones son siempre delicadas...

En aquel momento pasó por delante de ellas una escritora amiga de mistress Oliver. Ésta se puso en pie, asiéndola por un brazo.

—¡Mi querida Louise! ¡Cuánto me alegra verte! No sabía que estabas aquí.

—¡Oh, Ariadne! Llevamos mucho tiempo sin vernos. Estás más delgada, ¿verdad?

—Siempre tienes a mano una frase amable, Louise —dijo mistress Oliver, apartándose del sofá en que había estado sentada hasta aquel instante—. Me marchaba, porque tengo una cita.

—Supongo que esa mujer ha estado acaparándote, ¿eh?—contestó Louise, mirando por encima del hombro de su amiga a mistress Burton-Cox.

—Me ha estado haciendo terribles preguntas —explicó mistress Oliver.

—¿Y qué? ¿No supiste contestar adecuadamente a ellas?

—Pues no, Louise. No tenían nada que ver conmigo. No sabía de qué me estaba hablando. Sin embargo, si quieres que te diga la verdad, me hubiera gustado haber podido satisfacer su curiosidad.

—¿Era interesante el tema de vuestra conversación?

Por la cabeza de mistress Oliver había cruzado ahora otra idea.

—Sí, francamente…

—¡Cuidado! Acaba de ponerse en pie y supongo que te va a abordar de nuevo, Ariadne —le previno su amiga—. Vámonos. Te sacaré de aquí y además estoy dispuesta a llevarte donde quieras si es que no has traído tu coche.

—Para andar por Londres jamás saco el coche. No hay manera de aparcar en ningún sitio.

—Sé muy bien lo que pasa. Es tremendo.

Mistress Oliver se apresuró a despedirse de algunas personas. Palabras de agradecimiento, frases reveladoras de su complacencia por haber asistido a aquella agradable reunión… Poco después, Louise y ella llegaron a una plaza de Londres.

—Me habías dicho Eaton Terrace, ¿no? —preguntó la amable amiga de mistress Oliver.

—Sí… Pero a donde tengo que ir ahora es a… Bueno, creo que se trata de las Mansiones Whitefriars. No recuerdo bien el nombre, pero sé dónde es.

—¡Oh! Es un bloque de pisos, de corte más bien moderno. Muy cuadrados, muy geométricos.

—Eso es —dijo mistress Oliver.

Capítulo II

EN EL QUE SE HABLA POR VEZ PRIMERA
DE LOS ELEFANTES

No habiendo logrado encontrar a su amigo Hércules Poirot en casa, mistress Oliver decidió recurrir al teléfono.

—¿Va usted a estar por casualidad en casa esta noche? —le preguntó.

Ella tomó asiento en el sillón que había junto a la mesa del teléfono, moviendo los dedos, nerviosa, sobre el tablero.

—¿Con quién hablo?

—Soy Ariadne Oliver —respondió mistress Oliver, siempre sorprendida al verse obligada a dar su nombre, ya que le extrañaba que sus amigos no identificasen inmediatamente su voz por teléfono.

—Sí. Estaré esta noche en casa. ¿Significa eso que voy a tener el placer de que me visite?

—Es usted muy amable —respondió mistress Oliver—. No sé si eso va a ser en definitiva un placer para usted. Ya veremos.

—Para mí siempre lo es, *chère madame*.

—No sé, no sé… Es posible que le resulte fastidiosa esta vez. Quiero hacerle unas cuantas preguntas. Quiero saber qué es lo que usted piensa sobre determinado asunto.

—Aquí me tiene, pues, dispuesto a opinar sobre lo que sea.

—Ha surgido una cosa —afirmó mistress Oliver—. Se trata de algo fastidioso y yo no sé qué hacer.

—Por cuya razón ha decidido venir a verme. Francamente, me siento halagado. Muy halagado.

—¿A qué hora le viene mejor a usted? —preguntó mistress Oliver.

—¿Le parece bien a las nueve? Tomaremos café… A menos que prefiera una *grenadine*, a un *sirop de cassis*. Pero, ahora que me acuerdo, a usted no le gusta eso.

—George —dijo Poirot a su inestimable servidor—, esta noche vamos a tener el placer de recibir aquí a mistress Oliver. Creo que lo indicado para obsequiarla es el café y quizás algún licor. No sé nunca con certeza qué es lo que a ella más le gusta.

—Yo la he visto beber kirsch, señor.

—Y también me parece que está indicada una *crème de menthe*. Pero creo que lo que prefiere es el kirsch.

—Muy bien. Que sea kirsch, entonces.

Mistress Oliver llegó con toda la puntualidad a la hora indicada. Poirot, mientras cenaba, habíase estado preguntando qué era lo que motivaba aquella visita. ¿Por qué abrigaba tantas dudas sobre lo que tenía entre manos? ¿Quería exponerle algún difícil problema o deseaba ponerle al corriente sobre algún crimen? Como Poirot sabía perfectamente, de mistress Oliver podía esperarse cualquier cosa. Lo más común y lo más extraordinario. Ella andaba preocupada, pensó. Bien, se dijo Hércules Poirot, él era capaz de manejar a mistress Oliver. Siempre había sido así. De vez en cuando, ciertamente, le sacaba de sus casillas. Por otro lado, sentía un gran aprecio por aquella mujer. Habían compartido muchas experiencias. Había leído algo acerca de ella en uno de los periódicos de la mañana aquel día... ¿O se trataba de un diario de la noche? Tenía que hacer un esfuerzo y recordar qué era, antes de que se apareciera en su casa. Acababa de hacerse este propósito cuando George le anunció su llegada.

Nada más entrar mistress Oliver en la habitación, Poirot pensó que no se había equivocado al juzgar que estaba preocupada. Su peinado, normalmente cuidado, ofrecía cierto desorden. Mistress Oliver se había pasado los dedos a modo de peine por los cabellos, como hacía algunas veces, cuando se sentía nerviosa. Poirot la acogió con unas frases de cortesía, señalándole un sillón. Luego, le sirvió una taza de café y una copita de kirsch.

—¡Ah! —exclamó mistress Oliver con un suspiro, como el de una persona que se siente repentinamente aliviada— va usted a pensar que soy una necia, pero...

—He leído en un periódico que hoy asistió a una comida literaria, en la que estuvieron presentes varias escritoras famosas, aparte de usted. Yo creí que no iba nunca a esa clase de ágapes.

—Habitualmente, no voy —puntualizó mistress Oliver—. Ahora le doy mi palabra de que no volveré a asistir a ninguna reunión por el estilo.

—¿Qué? ¿Pasó usted un mal rato? —inquirió Poirot.

Conocía bien a su interlocutora. Sabía que cuando sus libros eran elogiados desmesuradamente en su presencia se ponía muy nerviosa. Ella se lo había dicho en una ocasión: jamás daba con las respuestas adecuadas.

—¿No lo pasó bien?

—Hasta cierto punto, sí. Pero después de la comida sucedió algo que no fue de mi agrado.

—¡Oh! ¿Y ha venido a verme por eso?

—Sí. Sin embargo, no sé exactamente por qué. Me explicaré… Es algo que nada tiene que ver con usted; es una cosa que no va a suscitar su interés, seguramente. A mí misma no me interesa tanto como puede parecerle a primera vista. He venido a verle porque deseo saber qué es lo que usted opina. Deseo saber qué es lo que usted haría en mi lugar.

—He aquí una cuestión difícil —manifestó Poirot—. Sé perfectamente cómo reaccionaría yo en determinada situación, pero ignoro qué es lo que usted haría en las mismas circunstancias. Sí. Pese a conocerla.

—Pues no debiera ser así en rigor —declaró mistress Oliver—, puesto que hace ya mucho tiempo que me conoce.

—¿Cuánto tiempo? ¿Unos veinte años?

—¡Oh, no lo sé! No sé cuántos años habrán transcurrido desde la primera vez que cruzamos unas palabras; no sé nada de fechas tampoco. Tengo como una nebulosa en la cabeza. Me acuerdo del año 1939 porque fue el del comienzo de la guerra; no se me han olvidado determinadas fechas porque las relaciono con detalles nimios.

—Bueno, el caso es que asistió a una comida literaria. Y que allí no se divirtió mucho.

—Lo pasé bien en la mesa. Pero después…

—La gente empezó a decirle ciertas cosas —dijo Poirot, con la atención solícita de un doctor que va en busca de síntomas.

—Se avecinaba eso, sí… Y de pronto, una mujer alta, corpulenta, una de esas personas que parecen dominar a cuantas se encuentran a su alrededor, que a mí me han colocado a veces en verdaderos aprietos, porque son siempre las más agobiantes, se fijó en mí. Me cazó como quien se lanza en pleno campo sobre una mariposa empuñando una red. Inmediatamente, me llevó a un sofá y luego empezó a hablarme, refiriéndose a una ahijada mía…

—¡Ah, sí! Una ahijada por la que usted siente un especial cariño.

—A esta ahijada hace muchos años que no la veo —declaró mistress Oliver—. Verá... Yo no puedo estar al corriente de las andanzas de todos mis ahijados. Seguidamente, la mujer me hizo una pregunta embarazosa. Quería saber... ¡Oh! ¡Qué difícil resulta explicarlo!

—No, no es difícil —dijo Poirot, amablemente—. Es muy fácil. Mucha gente acaba contándome cosas confidenciales. ¿Por qué? Pues porque aquí soy un extranjero, un individuo trasplantado, un hombre que procede de otro país, ajeno a ciertas relaciones.

—Sí. Tiene usted razón. Continúo... La mujer me habló de los padres de la chica. Quería saber si la madre había matado al padre o si fue éste quien acabó con aquélla.

—No le entiendo —afirmó Poirot.

—Ya sé que parece absurdo. Bueno, yo juzgué entonces absurda su pregunta.

—De manera que ella quería saber si la madre de su ahijada mató al padre o... si fue al revés.

—En efecto.

—Pero..., ¿es que realmente pasó eso? ¿La madre dio muerte al padre o éste mató a su mujer?

—Los padres de la chica fueron encontrados muertos —explicó mistress Oliver—. En un precipicio. No puedo recordar si el hecho ocurrió en Cornualles o en Córcega...

—Entonces, aludió a un suceso real, ¿no?

—Sí, sí. Eso ocurrió hace años. Pero lo que me gustaría saber es por qué razón acudió a mí...

—Sencillamente: porque usted se dedica a escribir novelas de crímenes —contestó Poirot—. Indudablemente, ella pensó que para usted el crimen no tiene secretos. ¿Y dice que se trata de un hecho real?

—En efecto. No era un supuesto... No le guiaba, por ejemplo, el afán de saber qué haría una si supiera que su madre había dado muerte a su padre o viceversa. No. Aludió a un hecho real.

»Será mejor, creo yo, que le ponga al corriente del mismo. No es que yo recuerde el caso en todos sus detalles. La verdad es que dio mucho que hablar en su día. Ocurrió... me parece que hace unos doce años, por lo menos. Recuerdo los nombres de los protagonistas del suceso porque eran conocidos míos. La mujer había sido en los años de la infancia condiscípula mía y la conocía perfectamente. Fuimos amigas. Del caso hablaron ampliamente los periódicos. Tratábase de sir Alistair Ravenscroft y de lady Ravenscroft. Formaban una pareja feliz. Él era coronel o general. Compraron una casa no sé dónde, en el extranjero, me parece recordar. Y de pronto, apareció la información sobre el caso en los periódicos. Se dijo que habían sido asesinados y también que uno había matado al otro, suicidándose después. Había por medio un revólver viejo que estaba en la casa... Creo haberle dicho todo lo que recuerdo.

Mistress Oliver mencionó algunos datos más en relación con aquel asunto. Poirot le hizo unas cuantas preguntas sobre su historia, solicitando declaraciones acerca de ciertos puntos.

—Bueno, ¿y por qué desea esa mujer enterarse concretamente de qué fue lo que pasó? —inquirió Poirot finalmente.

—Es lo que a mí me gustaría averiguar —manifestó mistress Oliver—. Creo que no me costaría trabajo ponerme en contacto con Celia. Ella debe de vivir en Londres todavía. O quizás esté en Cambridge o en Oxford... Tengo entendido que sacó un título y que se dedica a la enseñanza en un sitio u otro. Celia es una muchacha moderna, ¿sabe? Gusta, o gustaba, de ir con gente de largos cabellos y raros atavíos. No creo que tome drogas, sin embargo. Es una joven normal... Ocasionalmente, he oído hablar de ella, he tenido noticias de ella. Siempre me envía una tarjeta de felicitación por Navidad. Bueno, una no puede pensar día tras día en sus ahijados... Ahora contará veinticinco o veintiséis años.

—¿Soltera?

—Está soltera. Al parecer, se dispone a contraer matrimonio... Va a casarse con... ¡Oh! ¿Cuál era el apellido de aquella mujer? Se apellidaba Brittle... ¡No! Era mistress Burton-Cox. Va a casarse con el hijo de ésta.

—¿Y es que mistress Burton-Cox no quiere que su hijo se case con Celia por el hecho de que el padre de ésta dio muerte a la madre o... al revés?

—Es lo que yo supongo —indicó mistress Oliver—. No acierto a imaginarme otra cosa. Pero, bueno, ¿qué más da eso? ¿Qué va a ganar la madre del chico que se dispone a contraer matrimonio sabiendo a qué atenerse con referencia al misterioso suceso?

—Es una cuestión que hace pensar —consideró Poirot—. Muy interesante, además. El interés del caso no radica ya en estos momentos en las personas de sir Alistair Ravenscroft o lady Ravenscroft. Me parece recordar ahora ese suceso, o alguno por el estilo, que no sé si será el mismo. La conducta de mistress Burton-Cox es sorprendente. Tal vez ande mal de la cabeza. ¿Quiere mucho a su hijo?

—Es lógico pensar que sí. Probablemente, no quiere que se case con la muchacha.

—¿Por el hecho de que pueda haber heredado una predisposición especial, que le incite a matar a su marido o algo semejante?

—¿Cómo puedo saberlo yo? —preguntó mistress Oliver—. Ella me exigió una contestación sin facilitarme explicaciones. ¿Por qué? ¿Qué hay detrás de todo eso? ¿Qué significado tiene su conducta? ¿Cómo puede ser interpretada?

—Nada más interesante que la solución de ese enigma —reconoció Poirot.

—Por eso vine a verle. A usted le agrada penetrar en el secreto de las cosas, de aquellas, sobre todo, cuya causa no se descubre fácilmente.

—¿Descubrió en mistress Burton-Cox alguna preferencia? —inquirió Poirot.

—Usted desea saber si se inclinaba más por el hecho de que el esposo hubiese dado muerte a la esposa que por el otro, ¿no? En este sentido, estimo que se mostró imparcial.

—Bien. Comprendo su dilema. Es muy intrigante. Usted asiste a una comida literaria. Y a los postres alguien le hace una pregunta que es muy difícil de contestar, casi imposible... Y ahora se pregunta cómo debe enfocar este asunto.

—Quiero conocer su opinión, claro.

—No resulta fácil emitir una opinión —manifestó Poirot—. No soy una mujer. Una señora a la que usted realmente no conoce, con quien ha coincidido en una reunión, le ha planteado un problema, invitándola a resolverlo, sin facilitarle razones de su conducta.

—Exacto —dijo mistress Oliver—. Y ahora, ¿qué hace Ariadne? En otros términos, ¿qué le aconseja a A, suponiendo que acaba usted de leer el problema, expuesto al modo tradicional en cualquier periódico?

—Bueno, supongo que A puede hacer tres cosas. A podría escribir una nota dirigida a mistress Burton-Cox, en la que le dijera: «Lo siento mucho, pero me es imposible aclarar sus dudas». Valen estas palabras u otras parecidas. Segunda salida de A: póngase usted en contacto con su ahijada, a la que pondrá al corriente de la pregunta que le hizo la madre del hombre con quien va a contraer matrimonio. Entonces se enterará, de paso, de si realmente abriga el propósito de casarse con el joven. Sabrá también si ella tiene alguna idea sobre lo que tiene en la cabeza su futura suegra y si el chico ha formulado alguna declaración sobre el particular. Surgirán otros puntos interesantes, por añadidura: ¿qué piensa su ahijada de la madre del hombre que va a ser su marido?, por ejemplo. La tercera solución que le ofrezco, que contiene mi consejo sincero y firme, está condensada en muy pocas palabras...

—Me las imagino —declaró mistress Oliver.

—Puede suponérselas, sí: no hacer nada.

—Exactamente. Me doy cuenta de que esto es lo más sencillo y cómodo, lo más adecuado también, quizá. No hacer nada... ¿Quién va a ver ahora a mi ahijada para referirle lo que su futura madre política va preguntando por ahí? No obstante...

—Ya lo sé, todos somos curiosos, normalmente.

—Quisiera saber por qué razón esa odiosa mujer me abordó a mí, por qué me hizo esa pregunta —insistió mistress Oliver—. En cuanto lo sepa me sentiré descansada, olvidando todo lo relativo a este asunto. Pero mientras tanto...

—Sí. Mientras tanto, Ariadne, usted no podrá conciliar el sueño por las noches. Se despertará de madrugada, ocurriéndosele entonces las ideas más extraordinarias; las más extravagantes, que, quizás, acabará volcando sobre las cuartillas para escribir una interesante historia detectivesca.

—Podría hacerlo, desde luego, si enfocase este incidente de una manera superficial.

Los ojos de mistress Oliver centellearon un instante.

—No se emplee en eso —le aconsejó Poirot—. Se enfrentaría con un argumento muy difícil de llevar adelante. Todo parece indicar que no existe una razón sólida, seria, que justifique la conducta de mistress Burton-Cox.

—Es que yo deseo estar absolutamente segura de que, efectivamente, no la hay.

—La humana curiosidad —dijo Poirot—. ¡Qué cosa tan interesante! —suspiró—. ¡Cuántas cosas le debemos! La curiosidad... No sé quién la inventó. Yo diría que fueron los griegos sus inventores. Querían saber. Antes de ellos, por lo que yo he apreciado, nadie se movía impulsado por tal empeño. Nadie andaba detrás del porqué. Al suscitarse el ansia del porqué empezaron a ocurrir cosas verdaderamente trascendentes. Y fueron surgiendo los buques, los trenes, las máquinas voladoras, las bombas atómicas, la penicilina, los remedios para curar muchas enfermedades. Un chico observa que la tapa de la olla que maneja su madre en la cocina se mueve impulsada por el vapor y con el tiempo nos encontramos viajando en los ferrocarriles... y así sucesivamente.

—Dígame una cosa, Poirot, ¿cree usted que yo soy una entremetida incorregible? —inquirió mistress Oliver.

—No —contestó su interlocutor—. Ni siquiera la tengo por una mujer exageradamente curiosa. Lo que ocurre es que a usted la han situado ante un intrigante dilema. Ahora siente una verdadera antipatía por la mujer causante de la situación presente, ¿no es así?

—Sí. Mistress Burton-Cox es una persona fastidiosa, desagradable.

—El caso Ravenscroft... Unos esposos que se llevaban bien, ¿no? Al menos aparentemente. Nadie puede afirmar que riñeran. Nadie ha dado con una causa justificativa de lo ocurrido, de acuerdo con su información.

—Murieron a causa de unas heridas producidas por un arma de fuego. Pudo haber sido un pacto de suicidio. En eso creo que pensó la policía al principio. Desde luego, ¿cómo aclarar los hechos cuando han transcurrido ya tantos años?

—No obstante, me parece que podría averiguar algunos detalles sobre el hecho.

—¿Gracias a ciertas amistades suyas?

—Los amigos en que estoy pensando son hombres corrientes y molientes, Ariadne. No les asigne ahora dotes especiales. Sucede, sin embargo, que son personas informadas, que tienen acceso a determinados archivos, que pueden repasar la documentación oficial producida en su día sobre el caso.

Mistress Oliver miró esperanzada a Hércules Poirot.

—Podría usted llevar a cabo algunas averiguaciones, informándome después del resultado.

—Sí —manifestó Poirot—. Me figuro que podré dejarla bien impuesta de todas las circunstancias del caso. Pero todo eso llevará algún tiempo.

—Si usted hace lo que acaba de decirme es porque espera que yo también actúe. Tendré que hablar con la chica. Es posible que me facilite datos que no estén registrados en ninguna parte. Le preguntaré si quiere que me desentienda por completo de su futura madre política, en qué forma desea que le ayude... Por otra parte, me agradaría conocer al joven que va a ser el marido de mi ahijada.

—Magnífico, Ariadne.

—Supongo también que puede haber algunas personas que...

Mistress Oliver frunció el ceño, interrumpiéndose.

—Me imagino que esas personas no aportarán nada positivo —afirmó Hércules Poirot—. Este caso pertenece al pasado. Fue una *cause célèbre*, quizás, en su época. Pero, ¿qué es en definitiva una *cause célèbre*, si se piensa detenidamente? A menos que desemboque en un asombroso *dénouement* (lo cual se da aquí), todo el mundo acaba olvidándola.

—Tiene usted razón. En su día, los periódicos publicaron numerosas informaciones. La cosa se prolongó durante algún tiempo. Hasta que el público dejó de hablar del caso. En nuestros días ocurren sucesos parecidos. Recuerde el caso reciente, el último de que tenemos noticia: una chica abandonó su hogar y no pudo ser localizada. Esto sucedió hace cinco o seis años. Y luego, de repente, un niño, mientras jugaba en las inmediaciones de unos montones de arena, o de un pozo (no lo recuerdo con exactitud), dio con el cadáver. Cinco o seis años más tarde.

—Es verdad —convino Poirot—. Como es verdad que sabiendo el tiempo que llevaba muerta la muchacha y lo sucedido en determinado día, tras el estudio de los hechos y circunstancias registradas en la documentación oficial, se puede al final dar con un asesino. Pero en su problema, Ariadne, tropezará con más dificultades, puesto que la respuesta debe de estar en una de estas consideraciones: ¿odiaba el marido a la mujer, aspirando a desembarazarse de ella?, o bien, ¿era ella quien lo odiaba a él, por cuya razón se buscó un amante? Podemos encontrarnos frente a un crimen pasional o algo completamente distinto. Si la policía no consiguió aclarar el doble crimen, hay que pensar en un móvil intrincado, nada fácil de descubrir. Por eso todo ha quedado envuelto en el mayor misterio.

—Naturalmente, puedo ponerme al habla con la chica. Tal vez haya sido esto lo que perseguía esa antipática mujer... Ella piensa que la joven sabe a qué atenerse. Bueno, considera esta posibilidad. Usted no ignora que, frecuentemente, los niños conocen cosas auténticamente extraordinarias.

—¿Qué edad tendría su ahijada en la época del doble crimen?

—No puedo decirlo así, de improviso. He de calcularlo... Creo que tendría nueve o diez años. Quizá fuera mayor. No sé... Estaba en el colegio cuando pasó aquello. Pero eso también puede ser una jugarreta de mi imaginación, un recuerdo de lo leído.

—¿Piensa usted que mistress Burton-Cox se propuso que obtuviera información directa de la hija? Es posible que la joven sepa algo. Quizá se confiara al novio, quien podría habérselo dicho todo a su madre. Supongo que mistress Burton-Cox interrogó a la muchacha, viéndose rechazada. Entonces, la mujer pensó en la famosa Ariadne Oliver, su madrina, una novelista de grandes conocimientos en el mundo de lo criminal, además. A través de ella, sí conseguiría la información apetecida. Ahora, no acierto a ver la utilidad de este paso —manifestó Poirot—. Otras personas, esas a las que aludió usted vagamente antes, no creo que puedan aportar nada positivo. ¿Quién se acordará del caso?

—En este terreno es en el que he pensado que podían serme útiles —señaló mistress Oliver.

—Me deja usted sorprendido —contestó Poirot, mirando a su interlocutora, perplejo—. Sabe muy bien que la gente olvida con facilidad, que frecuentemente no se acuerda de nada.

—Bueno, yo en realidad pensaba en los elefantes...

—¿En los elefantes?

Poirot pensó lo que en otras muchas ocasiones anteriores: que de mistress Oliver cabía esperar las salidas más raras. ¿Por qué, de repente, se había acordado de los elefantes?

—Durante la comida de ayer estuve pensando en los elefantes —informó mistress Oliver.

—¿A qué venía eso? —inquirió Poirot, picado por la curiosidad.

—Bueno, yo estaba pensando en los dientes. Ya sabe, cuando se llevan algunos dientes postizos se está pendiente de lo que se come. Hay que vigilarse. Unas cosas se pueden comer y otras no.

—¡Ah! —exclamó Poirot con un suspiro—. Sí, sí. Los dentistas pueden hacer mucho por uno, pero no todo.

—Muy cierto. Y luego pensé que nuestros dientes eran unos simples huesos, no muy buenos, y que resultaba maravilloso, en tal aspecto, ser un perro, que tiene dientes de marfil auténtico. Recordé a continuación otros seres en las mismas circunstancias, entre ellos las morsas. Y así llegué a los elefantes. Desde luego, hablando de marfil, una piensa inmediatamente en ellos, ¿no es verdad? Se piensa, concretamente, en unos grandes colmillos de elefante.

—Exacto —dijo Poirot, todavía desorientado, sin saber a dónde iba a ir a parar mistress Oliver.

—Pensé en consecuencia que había que recurrir a las personas que son como los elefantes. Se afirma que estos animales no olvidan nada. Ya conoce usted la expresión cuando se trata de elogiar la memoria de una persona: se dice memoria de elefante.

—He oído la frase en cuestión, por supuesto —indicó Hércules Poirot.

—Los elefantes no olvidan... No sé si conocerá cierta historia infantil, alusiva a uno de esos animales. Un individuo, un sastre indio, clavó un cuerpo extraño, una aguja, creo, en un colmillo de elefante. No. No se trataba de un colmillo. La cosa afectó al cuerpo del animal. Varios años más tarde, al pasar el elefante junto al autor de la jugarreta, el animal le obsequió con una ducha de agua, el agua que había cargado en su trompa momentos antes. El elefante no lo había olvidado. Lo recordaba perfectamente. En esto centro mi pensamiento: en la memoria de los elefantes. Lo que tengo que hacer es ponerme en contacto con algunos elefantes.

—No sé si he llegado a comprenderla del todo —confesó Hércules Poirot—. ¿A quiénes piensa clasificar como elefantes? Me da la impresión de que para estar informada va a tener que recurrir al Parque Zoológico.

—No es exactamente eso —declaró mistress Oliver—. No se trata de los elefantes como tales animales, sino de la forma en que hasta cierto punto algunas personas se parecen a ellos. Hay individuos que lo recuerdan todo perfectamente. A veces, éstos se acuerdan de cosas raras, de detalles insignificantes, nimios. Nos pasa a todos también... Yo me acuerdo, por ejemplo, de cuando cumplí los cinco años y de la tarta que me regalaron entonces. Recuerdo, asimismo, el día en que se escapó mi canario, lo que me costó no pocas lágrimas. Tengo presente todavía en la memoria el toro que vi en cierta excursión en pleno campo y aún me veo corriendo, espantada, impulsada por el temor de que embistiera contra mí. Recuerdo incluso que ese día era martes. ¿Por qué quedó fijo en mi memoria este último dato? Me estoy viendo también otro día recogiendo moras, juntando más moras que ninguno de los que me acompañaban. ¡Fue maravilloso! Contaba entonces yo nueve años, creo.

»Pero no es necesario remontarse tanto tiempo atrás. Yo, por ejemplo, recuerdo haber asistido a lo largo de mi vida a docenas de bodas, pero en cambio sólo he retenido en mi memoria, particularmente, dos de esas ceremonias. En una de ellas fui dama de honor. Fue en el New Forest, pero no acierto a recordar qué personas se hallaban presentes. Creo que la novia fue una prima mía. Supongo que vio en mí la persona más a mano... La otra boda fue la de un amigo mío de la Armada, que estuvo a punto de perecer en un submarino. La chica por él elegida no había merecido la aprobación de su familia, pero acabó desposándose con ella. Bueno, quiero señalar así que hay cosas que no se olvidan jamás.

—Comprendo su punto de vista —contestó Poirot—. Es interesante. En consecuencia, usted piensa dedicarse a *la recherche des élèphants*, ¿no?

—Cierto. Tengo que dar con los datos exactos.

—En ese aspecto, estimo que podré ayudarla.

—Más adelante, pensaré en la gente que conocí en aquella época, en las personas que estuvieron relacionadas con otras amistades mías, en todos los que conocieron al general No-sé-qué Ravenscroft. El matrimonio pudo tener amigos en el extranjero conocidos también por mí, que a lo mejor no he visto durante muchos años. Nada de particular tiene que se busque a un antiguo amigo o amiga. La gente se siente halagada en estos casos y, frecuentemente, gusta evocar el pasado. Planteado todo así, se pasa fácilmente a hablar de las cosas pretéritas, de aquellas que una recuerda.

—Muy interesante, sí, mistress Oliver —confirmó Poirot—. Creo que está usted bien preparada para lo que se propone emprender. Ha de reparar en las personas que conocieron a los Ravenscroft de cerca o de lejos, en aquellas que vivían donde se desarrolló la tragedia o que pudieron encontrarse allí. Luego, vendrán las intentonas discretas: una charla provocada sobre el suceso, el estudio de sus opiniones en relación con el mismo, la confrontación con los datos recogidos… Habrá de ver si la esposa o el esposo tuvieron escarceos amorosos con alguien, si ha habido por medio dinero de alguna herencia. Me parece que está usted en condiciones de averiguar muchos y, seguramente, sorprendentes detalles.

—No sé… Me veo también en plan entrometida…

—A usted le han formulado una delicada pregunta —declaró Poirot—. La ha interrogado una persona que no es de su agrado, a quien detesta, o al menos por la que no siente ninguna simpatía. Y va a iniciar por su cuenta una investigación, lanzándose a la búsqueda de unos datos. Sigue su propio camino, su senda. Es la senda de los elefantes. Los elefantes son capaces de recordar, pueden recordar. *Bon voyage.*

—No le entiendo —dijo mistress Oliver.

—Me despido de usted en la meta de salida de su viaje de descubrimientos —señaló Poirot—. *A la recherche des élèphants.*

—Creo que no estoy en mis cabales —manifestó mistress Oliver, entristecida, pasándose los dedos, a modo de peine, por los cabellos—. Había empezado a perfilar un argumento de novela relativo a un buscador de oro. Pero la cosa no marchaba bien…

Me parece que no hubiera podido concentrar mi atención en este nuevo proyecto. No sé si me comprenderá usted.

—Muy bien. Pues abandone definitivamente a su buscador de oro. Y concéntrese exclusivamente en el tema de los elefantes.

Libro I

LOS ELEFANTES

Capítulo III

EL LIBRO DE TODOS LOS CONOCIMIENTOS

—¿Quiere usted traerme mi libro de direcciones, miss Livingstone?

—Está en su escritorio, mistress Oliver. En un rincón, a mano izquierda.

—No me refería a ése —indicó mistress Oliver—. Usted habla del que tengo en uso actualmente. Yo pensaba en el anterior. En el del año pasado, o del otro año, quizá.

—¿No se habrá deshecho usted de él ya? —apuntó miss Livingstone.

—No. No me deshago jamás de esos libros, como tampoco de las agendas. A veces se encuentran en ellos señas no pasadas a los libros posteriores. Puede ser que esté en el cajón de alguna mesa...

Miss Livingstone había llegado recientemente a la casa en sustitución de miss Sedgwick. Ariadne Oliver echaba de menos a miss Sedgwick. ¡Sabía tantas cosas! Estaba al corriente de los sitios en que mistress Oliver guardaba siempre determinados objetos. Se acordaba de los nombres de las personas a las cuales mistress Oliver había dirigido amables cartas, igual que conocía los de aquellos que habían recibido escritos de su señora redactados en términos más bien bruscos. Era una mujer de inestimable valor. Mejor dicho: había sido eso para ella. «Era como... ¿Cuál era el título de aquel libro?», se preguntó Ariadne Oliver, esforzándose por recordar. «Oh, sí! Era un volumen de cubiertas oscuras. Todos los victorianos lo tenían. *El Libro de Todos los Conocimientos*. Este título se le acomodaba perfectamente. En sus páginas se enseñaba al lector o lectora a quitar las manchas de una mantelería, qué había que hacer cuando se cortaba la mayonesa, en qué términos era preciso redactar una carta dirigida a un obispo y muchas, muchas cosas más. *El Libro de Todos los Conocimientos* lo recogía todo, en efecto.» La sombra de la tía abuela Alice se proyectó por unos momentos sobre aquella estancia.

Miss Sedgwick había sido tan eficiente como las figuras del libro de tía Alice. Miss Livingstone tenía mucho que aprender de ella. Ésta adoptaba una actitud muy compuesta, se ponía muy seria. Todos los rasgos de su cetrina faz proclamaban: «Soy una mujer eficiente». Pero no había nada de eso en realidad, pensó mistress Oliver. Ella solía aplicar sus experiencias, adquiridas en otros hogares, considerando que mistress Oliver debía regirse por los hábitos de las personas conocidas antes...

—Lo que yo quiero —dijo mistress Oliver, con la firmeza, con la determinación de una criatura muy consentida— es mi libro de direcciones de 1970. Y también el de 1969. Hágame el favor de localizarlos con la mayor rapidez posible.

—Desde luego, desde luego —repuso mistress Livingstone.

La mujer miró a su alrededor con la expresión de una persona que no ha oído hablar nunca de cualquier cosa, pero que está segura de dar con lo que sea gracias a su eficiencia y a una inesperada racha de suerte.

«Si no consigo que miss Sedgwick vuelva, acabaré en un manicomio —se dijo mistress Oliver—. No voy a poder hacer nada en este asunto si no me procuro la ayuda de miss Sedgwick.»

Miss Livingstone empezó a abrir los cajones de algunos de los muebles del estudio de mistress Oliver.

—Aquí está el libro del año pasado —dijo miss Livingstone, muy contenta—. En estas páginas estarán las direcciones que a usted le interesan más al día, ¿no? El libro es de 1971.

—No quiero el de 1971.

Por su cabeza cruzó una vaga idea.

—¿Por qué no mira en la mesita de té? —propuso.

Miss Livingstone miró a su alrededor con un gesto de preocupación.

—Me refiero a esa mesa —señaló mistress Oliver.

—No es posible que un libro de direcciones se encuentre en una mesa de té —afirmó miss Livingstone, basándose en premisas familiares para ella.

—Aquí sí es posible —declaró mistress Oliver—. Me ha parecido recordar que lo dejé ahí.

Deslizándose junto a miss Livingstone, Ariadne se acercó a la mesa indicada.

—En efecto, aquí está —informó, abriendo un gran bote destinado en principio a contener té indio.

—Este libro es de 1968, mistress Oliver, de hace cuatro años.

—Me sirve —aseguró aquélla, llevándoselo al escritorio.

—De momento, no necesito nada más, miss Livingstone. Le agradecería, sin embargo, que viera dónde está mi diario.

—No sabía que...

—No lo uso ya —explicó mistress Oliver—. Pero lo utilicé en otros tiempos. Es bastante grande, ¿sabe? Lo empecé de niña. Tiene algunos años ya. Supongo que estará en el ático, arriba. Mire en esa habitación especial que destinamos a los niños en vacaciones o a huéspedes de poco compromiso. Junto a la cama hay un armario.

—¿Debo buscarlo allí?

—De eso se trata —confirmó mistress Oliver.

Miss Livingstone abandonó la habitación. Mistress Oliver cerró la puerta, volviendo a su mesa de trabajo. Seguidamente, comenzó a leer las señas escritas en el libro que tenía en las manos. La tinta había perdido intensidad y las páginas olían a té.

—Ravenscroft. Celia Ravenscroft. Sí. 14, Fishacre News, S. W. 3. Éstas son las señas de Chelsea. Ella vivía allí entonces. Pero había otra dirección aquí... Algo así como Strand-on-the-Green, cerca del puente de Kew.

Mistress Oliver pasó unas cuantas hojas.

—Sí... Ésa parece ser una dirección posterior. Mardyke Grove. Esto queda en Fulham Road, creo. ¿Tiene teléfono? Está borroso, pero me parece que... Sí... Flaxman... Bueno, vamos a probar suerte.

Se dirigió al teléfono. La puerta de la habitación se abrió en aquel momento, haciendo acto de presencia miss Livingstone.

—¿No cree usted que es probable...?

—Encontré el libro de direcciones que necesitaba —dijo mistress Oliver—. Siga buscando mi diario. Es importante.

—¿No cree usted que es probable que se lo haya dejado en Sealy House la última vez que estuvo allí?

—No, nada de eso —repuso mistress Oliver—. Continúe buscando.

Cuando la puerta se cerró, murmuró para sí: «Y tarde usted lo más que pueda en volver».

Marcó un número en el teléfono y esperó. Entretanto abrió la puerta y dijo, mirando hacia la escalera:

—Registre el armario de estilo español. Ya sabe, el que lleva los adornos en bronce.

Con su primera llamada, mistress Oliver no consiguió nada.

Habíase puesto en comunicación con una tal mistress Smith Potter, irritada y nada dispuesta a ayudarle. Acababa de decirle que no sabía lo más mínimo acerca del paradero de la persona que había ocupado su piso con anterioridad a ella.

Mistress Oliver estudió con detenimiento su libro de direcciones. Descubrió un par de señas más, que habían sido garabateadas sobre otras. Poco a poco, con paciencia, logró descifrar aquéllas.

Al otro extremo del hilo telefónico, una voz admitió conocer a Celia.

—¡Oh, sí! Pero hace años que se fue de aquí. Las últimas noticias que tuve de ella la situaban en Newcastle.

—Es una pena, porque yo no tengo esas señas —manifestó mistress Oliver.

—Lo mismo me pasa a mí —dijo la amable comunicante—.

Me parece haber oído decir que se colocó de secretaria de un veterinario.

Seguía como al principio. Mistress Oliver hizo dos o tres intentonas más. Las direcciones de los dos últimos libros no le servían, por lo que se remontó a otro atrás. La suerte le sonrió al utilizar el de 1967.

—¡Ah! Se refiere usted a Celia —dijo una voz—. A Celia Ravenscroft, ¿no? Una chica muy competente. Trabajó para mí durante un año y medio. Me habría quedado muy a gusto de haber seguido a mi lado más tiempo. Creo que se fue de aquí a la calle Harley… Yo tenía su dirección anotada en alguna parte. Espere. —Aquí se produjo una larga pausa. Mistress X andaba atareada, seguramente. Por fin, añadió—: Tengo unas señas aquí… Es en Islington. ¿Usted cree que eso es posible?

Mistress Oliver contestó que todo era posible. Dio las gracias a la amable y desconocida comunicante y anotó la dirección.

—Tropieza una con mil dificultades al intentar dar con las señas de las personas conocidas. Lo corriente es que la gente comunique a sus amistades los cambios de domicilio. Basta con una tarjeta postal o algo por el estilo… Lo que a mí me sucede es que frecuentemente las pierdo.

Mistress Oliver confesó que a ella también le ocurrían tales cosas.

Probó suerte acto seguido con el número de Islington.

Le contestó una voz que era, sin duda, la de una extranjera.

—Usted quiere saber si… ¿Cómo ha dicho? ¿Por quién pregunta?

—Pregunto por miss Celia Ravenscroft.

—Miss Celia Ravenscroft vive aquí, desde luego. Tiene una habitación en el segundo piso. Ha salido. Todavía no ha vuelto, no.

—¿Regresará muy tarde?

—Yo creo que no tardará en volver. Si asiste a alguna fiesta o reunión amistosa habrá de venir a cambiarse de ropa.

Mistress Oliver dio las gracias por aquella información y colgó.

¿Cuánto tiempo había transcurrido desde la última vez que viera a Celia, su ahijada?, se preguntó. Llevaba mucho tiempo sin establecer contacto. Celia, se dijo, se encontraba en Londres ahora. Si su novio se hallaba en la ciudad, o si la madre del novio también estaba en Londres, lo lógico era que se reunieran a menudo, que anduviesen juntos. «¡Santo Dios! —pensó mistress Oliver—. Este asunto comienza a producirme dolor de cabeza.»

—¿Qué hay, miss Livingstone? —inquirió, volviendo la cabeza.

Miss Livingstone, adornada con una buena cantidad de telarañas y cubierta con una capa de polvo, la miraba con un gesto de enfado desde la puerta. Llevaba en las manos un puñado de polvorientos volúmenes.

—Ignoro si alguno de estos libros podrá serle de utilidad, mistress Oliver. Corresponden a diversos años...

Su mirada era de radical desaprobación.

—Alguno de ellos, desde luego, puede resultarme útil.

—¿Quiere que busque en sus páginas algún dato?

—No. Déjelos en un extremo del sofá. Esta noche les echaré un vistazo.

Miss Livingstone acentuó todavía más su gesto de desaprobación, diciendo:

—Perfectamente, mistress Oliver. Creo que debo quitarles el polvo primero.

—Es conveniente, sí. Gracias.

Le dieron ganas de añadir: «Y, por lo que más quiera, pásese un trapo por encima también. En la oreja izquierda se le han quedado seis telarañas».

Consultó su reloj y volvió a marcar en el teléfono el número de Islington. Ahora le contestó una voz puramente anglosajona.

—¿Mistress Ravenscroft? ¿Celia Ravenscroft?

—Sí, soy yo.

—Bien. No espero que me recuerdes en seguida, hija. Soy mistress Oliver, Ariadne Oliver. Hace mucho tiempo que no nos vemos, pero la verdad es que yo soy tu madrina.

—Sí, claro. Lo sé. Efectivamente, ha transcurrido mucho tiempo desde nuestro último encuentro.

—¿No podríamos vernos? ¿Te sería posible venir por mi casa? ¿Quieres comer conmigo un día?

—Verá usted… Es difícil eso para mí, dado el sitio en que estoy trabajando. Podría visitarla esta noche, si le parece. Las siete y media o las ocho es una buena hora. Estoy citada más tarde con una persona y…

—Pues si vienes esta noche yo me daré por satisfecha —contestó mistress Oliver.

—Entonces, de acuerdo.

—Te daré mis señas, ¿eh?

Mistress Oliver se las dio a conocer.

—Muy bien. Sé dónde queda su casa.

Mistress Oliver hizo una anotación en el bloc del teléfono, levantando la vista para mirar enojada a miss Livingstone, que acababa de aparecer allí, portadora de un gran álbum.

—¿Es eso lo que usted necesita, mistress Oliver?

—No. No es posible… Lo que tiene usted en las manos es un libro de recetas de cocina por fichas.

—¡Oh!

—Es igual. Les echaré un vistazo —manifestó mistress Oliver, haciéndose cargo del volumen, muy decidida—. Lo que puede hacer ahora es seguir buscando… Mire en el armario de la lencería. Ese que está junto al cuarto de baño. Registre el estante superior, donde se encuentran las toallas de baño. Muchas veces he guardado papeles y libros allí. Espere un momento. Voy a subir yo, para registrar el estante personalmente.

Diez minutos más tarde, mistress Oliver repasaba las páginas de un álbum. Miss Livingstone, llegada a la última fase de su martirio, se había quedado plantada junto a la puerta. Incapaz de continuar sufriendo la visión de aquel rostro angustiado, mistress Oliver dijo:

—Está bien. Mire ahora en el aparador del comedor. A ver si hay allí más libros de direcciones. Que sean antiguos. Me interesan los que cuentan diez años o más. Tras esto, seguramente no necesitaré ya nada más.

Miss Livingstone se fue. Mistress Oliver suspiró. Nada más sentarse en el sofá, empezó a repasar su diario.

«No sé quién de las dos se queda más satisfecha. ¿Ella, al irse, o yo, al perderla de vista? Ésta va a ser una noche movida, decididamente. Primero, por la visita de Celia, y luego…»

Mistress Oliver interrumpió sus reflexiones para agarrar una agenda en la que hizo algunas anotaciones de fechas, direcciones y nombres. Consultó el bloc del teléfono y después llamó a Hércules Poirot.

—¿Es usted, monsieur Poirot?

—Yo soy, madame.

—¿Ha hecho usted algo?

—¿Que si he hecho algo? ¿A qué se refiere?

—Me refiero al asunto de que le hablé ayer.

—Sí, claro. He puesto las cosas en marcha. He dispuesto lo necesario para que sean llevadas a cabo algunas averiguaciones.

—Pero no ha llegado a ninguna conclusión todavía —señaló mistress Oliver, un tanto desdeñosa.

—¿Y usted qué ha logrado, *chère madame*?

—Yo he estado muy ocupada.

—¡Ah! ¿Qué ha estado haciendo entonces?

—Reuniendo elefantes…, si es que esto puede significar algo para usted.

—Creo entenderla perfectamente.

—Resulta curioso esto de mirar hacia el pasado —explicó mistress Oliver—. Se queda una sorprendida al comprobar la cantidad de personas que una recuerda cuando se repasa una lista de nombres. ¡Dios mío! ¡Y cuántas tonterías escriben algunos en los diarios personales! No sé qué era lo que perseguía yo cuando a mis dieciséis, diecisiete, e incluso treinta años, coleccionaba autógrafos. Mi diario contiene una cita poética para cada día del año. Algunos de estos versos son terriblemente cursis.

—¿Sigue animada con su proyecto de indagación?

—Vacilo, a decir verdad —confesó mistress Oliver—. Pero estoy actuando ya. He hablado por teléfono con mi ahijada…

—¿Y qué? ¿Va usted a ir a verla? —inquirió Hércules Poirot.

—Vendrá a verme ella. Esta noche, entre las siete y las ocho, según me ha dicho. No sé si cumplirá su palabra. La gente joven es muy voluble.

—¿Le agradó que la llamara usted por teléfono?

—No sé qué decirle… —declaró mistress Oliver—. Me parece que no experimentó ninguna gran alegría. Me habló en un tono muy decidido y más bien seco… Ahora acabo de recordar que han sido seis años los que han transcurrido desde nuestro último encuentro. Por entonces, la consideré una chica inquietante.

—¿Inquietante? ¿En qué sentido?

—Es una joven más activa que pasiva, más dotada para poner sobre ascuas a los demás que para aguantar sus ataques.

—Eso no tiene nada de malo. Es lo mejor que puede pasar.

—¿Usted cree?

—Generalmente, cuando una persona se enfrenta con otra sin deseos de agradar, se complace en poner de relieve su actitud, facilitando invariablemente más información que si se comportara amistosamente, intentando suscitar simpatías.

—Tiene usted razón. Lo habitual en estas situaciones es que no le salga a una nada a derechas, quedando nuestras palabras desvirtuadas por las interpretaciones apasionadas del interlocutor o interlocutora de turno. No sé cómo será Celia... La Celia que yo recuerdo mejor es la que conocí a sus cinco años. Por aquellas fechas cuidaba de ella una institutriz y no era raro que en sus ratos de mal humor tirara a la pobre sus libros.

—¿La institutriz a la niña o ésta a aquélla?

—¡La niña a la institutriz, desde luego! —exclamó mistress Oliver.

Ésta colgó por fin, acomodándose en el sofá. Entonces, se aplicó pacientemente a la tarea de examinar sus agendas y libros de direcciones. De vez en cuando, murmuraba algún nombre.

—Marianne Josephine Pontarlier... Por supuesto, sí... He estado años sin acordarme de ella... Yo creí que había muerto. Anna Braceby... Sí, sí, vivía en el extranjero... ¿Dónde estará ahora?

Mistress Oliver acabó por quedarse enfrascada, absorta en su labor. Por este motivo, experimentó una gran sorpresa al oír sonar el timbre de la puerta. Levantóse inmediatamente, con objeto de abrirla ella misma.

Capítulo IV

CELIA

Una joven de elevada estatura se encontraba ante la puerta. Por un momento, mistress Oliver experimentó un pequeño sobresalto. Así pues, aquella muchacha era Celia... La impresión de vitalidad que producía era muy fuerte. No era frecuente tropezar con personas como ella.

Mistress Oliver pensó en seguida que la joven podía ser difícil, agresiva, quizá peligrosa, incluso. Era, tal vez, una de esas personas que se reconocen con una misión concreta en la vida, que son dadas a la violencia, que necesitan ser paladines de una causa u otra. Era, desde luego, una joven interesante. Muy interesante.

—Entra, Celia, hija —dijo mistress Oliver—. ¡Cuánto tiempo llevamos sin vernos! La última vez que hablamos, que yo recuerde, fue en una boda. Tú formabas parte de la corte de honor de la novia, ¿no? Creo recordar el vestido que llevabas, hasta tu peinado...

—Fue en la boda de Martha Leghorn, ¿no? Las damas de honor lucíamos unos vestidos horribles. Nunca me he visto más fachosa que aquel día.

—Sí. Tienes razón, quizá. Pero tú tenías mejor aspecto que tus amigas.

—Bueno, es usted muy amable, mistress Oliver.

Ésta indicó a la visitante una silla, señalando un par de botellas.

—¿Quieres una copita de jerez? ¿Prefieres otra cosa?

—Prefiero el jerez, sí.

—Bien. Ya estás aquí. Supongo que te habrá causado extrañeza mi llamada telefónica.

—No, no. ¿Por qué?

—Creo que no soy una madrina muy consciente de mis deberes, ¿eh?

—Ya no soy una niña. Con los años caducan en buena parte las obligaciones de los padrinos.

—Sí, es cierto, pero de vez en cuando una piensa que siempre se debe hacer algo por los ahijados. Éstos pueden andar necesitados de ayuda en cualquier etapa de la vida. Yo tengo la impresión de no haber cumplido bien mis obligaciones. Me parece, por ejemplo, que no asistí a la ceremonia de tu confirmación.

—Yo creo que el deber de una madrina se reduce a hacer lo posible para que la ahijada aprenda el catecismo y otras cosas por el estilo, para que luego ésta se halle en condiciones de formular su renuncia al diablo y a sus pompas —manifestó Celia.

En sus labios se dibujó ahora una sonrisa irónica.

La chica había adoptado una actitud amistosa, sin duda. No obstante, mistress Oliver se empeñaba en ver en ella a una joven peligrosa en ciertos aspectos.

—Voy a explicarte por qué he querido ponerme en contacto contigo, querida —dijo mistress Oliver—. Se trata de algo muy curioso. Yo no suelo ir a las reuniones literarias, pero anteayer asistí a una.

—Lo sé —declaró Celia—. Leí una reseña en un periódico, en la cual se daba su nombre. Me sentí extrañada porque yo sabía, efectivamente, que usted ha rehuido siempre esa clase de reuniones.

—Hubiera preferido no estar presente en aquella comida…

—¿Por qué? ¿Lo pasó mal?

—Asistí a la comida impulsada por la curiosidad, a sabiendas de que vería allí cosas que me agradarían y otras que no me caerían bien.

—¿Sucedió algo que le disgustó?

—Sí. Y lo que pasó se halla relacionado de una manera muy rara contigo. Pensé en seguida que debía ponerme al habla contigo precisamente porque no fue de mi agrado lo ocurrido. No me agradó, en absoluto.

—Sus palabras resultan muy intrigantes —murmuró Celia, tomando un sorbo de jerez.

—Una de las mujeres presentes en la reunión me habló… Yo no la conocía. Ella a mí, tampoco.

—Bueno, eso es algo que le habrá pasado muchas veces, mistress Oliver.

—Pues sí. Es uno de los peligros de la vida literaria. La gente se acerca a una para decirle: «Me gustan mucho sus libros y me siento muy complacido al tener el honor de conocerla». Las frases vienen a ser siempre las mismas, poco más o menos.

—Yo trabajé durante cierto tiempo con una escritora. Conozco, pues, esa situación y lo difícil que es salir airosa de ella.

—Hubo algo de eso, por supuesto. Pero me encontraba preparada para afrontar esa eventualidad. Y luego, la mujer, sin más, me dijo: «Creo que usted es la madrina de una joven llamada Celia Ravenscroft».

—¡Qué raro! —comentó Celia—. Abordarla para salir con una declaración semejante... Para llegar a eso, a mi juicio, hubiera debido andar con más rodeo, ¿no? Así que primero le habló de sus libros y de lo mucho que le había gustado el último, ¿no?, para pasar inmediatamente a referirse a mí. ¿Qué tenía esa mujer contra mí?

—Por lo que yo sé, nada —afirmó mistress Oliver.

—¿Se trataba de una amiga mía?

—Lo ignoro.

Hubo una pausa en el diálogo. Celia tomó otro sorbo de jerez, escrutando el rostro de mistress Oliver.

—¿Sabe usted que ha logrado intrigarme? No se adónde va usted a parar...

—Bueno, espero que no te enfades conmigo —dijo mistress Oliver.

—¿Y por qué he de enfadarme yo con usted?

—Porque me dispongo a decirte algo que es la repetición de otra pregunta y me expongo a que me contestes que no tengo por qué meterme en tus cosas, que lo que debo hacer es callarme, simplemente.

—Ha conseguido usted excitar mi curiosidad —afirmó Celia.

—La mujer me dio a conocer su apellido: Burton-Cox.

—¡Oh! —exclamó Celia, dando una inflexión especial al monosílabo.

—¿Conoces a mistress Burton-Cox?

—Sí, la conozco.

—La verdad: es lo que pensaba, debido a...

—Debido..., ¿a qué?

—Debido a lo que ella dijo luego.

—¿Qué le dijo de mí? ¿Que me conocía?

—Me dijo que ella creía que su hijo iba a casarse contigo.

El rostro de Celia cambió de expresión. Sus cejas se elevaron, descendiendo de nuevo. Fijó los ojos en los de mistress Oliver.

—¿Quiere usted saber si eso es cierto o no?

—No. No me interesa particularmente ese extremo. He mencionado la cuestión porque fue una de las primeras que me expuso. Ella afirmó que por el hecho de ser yo tu madrina estaba en condiciones de obtener de ti una información. Presumo que ella esperaba que conseguida por mí la misma no tendría inconveniente en pasársela.

—¿De qué información se trataba?

—Creo que no va a gustarte nada lo que pienso decirte a continuación... A mí misma me cae mal. Esa mujer fue muy descarada; se portó de una manera imperdonable. Lo que me dijo fue esto: «¿Usted podría averiguar si fue el padre quien mató a la madre o si fue ésta quien dio muerte a aquél?».

—¿Ella le hizo esa pregunta? ¿Ella le pidió que hiciera eso?

—Sí.

—¿Y no la conocía a usted personalmente?

—No, en absoluto. Jamás habíamos cruzado una palabra, hasta aquel momento.

—¿Y no le pareció sorprendente su pregunta?

—¿Que si me pareció sorprendente? Con sus palabras me produjo un verdadero sobresalto —afirmó mistress Oliver—. Se me antojó una mujer odiosa...

—Lo es, en efecto.

—¿Y tú piensas casarte con su hijo?

—Hemos considerado ya esa cuestión. No lo sé... ¿Usted sabía de qué le estaba hablando?

—Yo sabía todo lo que podía saber una persona que ha tenido relación con tu familia.

—Después de retirarse del ejército, mi padre compró una casa en el campo, a la que se fue a vivir con mi madre. Un día salieron a dar un paseo, juntos, por las inmediaciones de un precipicio. Sus cadáveres fueron encontrados allí. Hallaron un revólver en el lugar. Pertenecía a mi padre. Al parecer, él guardaba dos en la casa. ¿Fue un doble suicidio aquello? ¿Mató mi padre a mi madre, suicidándose a continuación, o bien disparó ella sobre él antes de volver el arma contra sí misma?... Bueno, es posible que esté usted enterada de toda la historia.

—La conozco, en cierto modo —declaró mistress Oliver—. La tragedia ocurrió hace unos años, me parece.

—Hace doce años, aproximadamente, sí.

—Por entonces, tú contarías trece o catorce años, ¿no?

—Sí...

—No conozco muy a fondo el caso —aseguró mistress Oliver—. Ni siquiera estaba en Inglaterra por aquellas fechas. Me encontraba en Estados Unidos, con motivo de unas conferencias. Simplemente: me enteré por los periódicos del suceso. La prensa publicó unas cuantas informaciones... Nadie daba con un móvil. Tus padres siempre se habían llevado bien, siempre habían vivido muy felices. Recuerdo que se mencionó eso. Yo había conocido a tus padres bastantes años atrás, especialmente a tu madre. Fuimos al mismo colegio. Después, nos separamos. Yo me casé. Ella también. Pero se fue a vivir al extranjero, no sé a dónde... A Malasia, me parece. No obstante, me dijo que tenía que ser la madrina de uno de sus hijos. Tú. Por el hecho de vivir tus padres fuera del país, nos vimos en pocas ocasiones durante muchos años. A ti te conocí por casualidad, puede decirse.

—Sí. Usted me llevaba al colegio o iba a buscarme a la hora de la salida. Me acuerdo de eso bien. También recuerdo las golosinas con que me obsequiaba. Y disfruté mucho con las comidas suyas.

—Eras una criatura fuera de lo corriente. Te gustaba el caviar.

—Todavía me gusta, aunque no tengo la suerte de que me lo ofrezcan tan a menudo como entonces.

—Ya puedes imaginártelo: me quedé de piedra al leer aquello en los periódicos. Un caso raro, sí. No existía un móvil determinado. No había habido una riña, nada que sugiriera un ataque realizado por una tercera persona. Sufrí una tremenda impresión... Luego, pasó el tiempo... Pensé alguna que otra vez en la tragedia, preguntándome cuál habría podido ser el motivo, sin dar, naturalmente, con una respuesta razonada. Todo eran suposiciones. Proseguí mi excursión por Estados Unidos, olvidando momentáneamente aquel asunto a causa de mis cotidianos quehaceres. Varios años más tarde, te vi, pero claro, no te hablé de aquel terrible enigma.

—Lo recuerdo. Y ahora le agradezco francamente su delicadeza.

—A lo largo de la vida —dijo mistress Oliver— es frecuente tropezar con hechos curiosos de los que han sido protagonistas amigos y conocidos. Tratándose de los primeros, más o menos tarde se tiene alguna idea sobre la causa del incidente producido. Pero cuando se ha estado separada de ellos durante largo tiempo se está completamente a oscuras y nunca hay nadie a mano con quien explayarse para satisfacer una legítima curiosidad.

—Usted fue siempre muy atenta conmigo —manifestó Celia—. Siempre me obsequió con bonitos presentes. Y recuerdo que el más bonito de todos fue el que me envió el día en que cumplí los veintiún años.

—A esa edad rara es la chica que no necesita disponer de un poco de dinero extra —indicó mistress Oliver—. Se quieren comprar muchas cosas a la vez, se abrigan no pocos proyectos...

—Es verdad. Yo siempre la tuve por una persona muy comprensiva, mistress Oliver —dijo ahora la joven—. Usted no era como otros, que se pasan la vida haciendo preguntas, que desean saberlo todo. Usted no me preguntaba nunca nada. Me llevaba a los espectáculos o me regalaba golosinas, hablándome con toda naturalidad, sin intentar sonsacarme nada. Sé lo que vale eso. He conocido ya a demasiadas personas entrometidas.

—Sí. Tarde o temprano, descubrimos con frecuencia que quienes nos abordan desean algo de nosotros —contestó mistress Oliver—. Pese a todo, pese a saber lo que pasa normalmente, lo sucedido en el marco de la comida literaria de que te he hablado me sorprendió terriblemente. Mistress Burton-Cox era una persona completamente desconocida para mí. Nada la autorizaba a hacerme tan extraordinaria pregunta. No acierto a comprender para qué necesitaba la información solicitada. ¿Qué tiene que ver ella con el caso? A menos que...

—A menos que lo relacionara con mi eventual casamiento con Desmond. Desmond es su hijo.

—Es posible. Aun así, continúo sin comprender...

—Mistress Burton-Cox se mete en todo. Es una mujer odiosa, en efecto, como usted ha dicho.

—Pero me imagino que Desmond no es así.

—No, no. Yo quiero mucho a Desmond y él me corresponde. Su madre, en cambio, me disgusta.

—¿Está muy apegado él a su madre?

—No lo sé, realmente —declaró Celia—. Es posible que sí. No en balde es su hijo. De todos modos, de momento, yo no pienso casarme. No me encuentro en la disposición más idónea para dar tal paso. Además, han surgido ciertas dificultades, hay muchos pros y contras. Esa mujer lograría suscitar su curiosidad, mistress Oliver. Es lógico. Usted querrá saber ahora por qué razón esa señora metomentodo pretendió que hiciera determinadas averiguaciones para más tarde ponerla al corriente a ella... A propósito, ¿me está usted formulando su pregunta?

—¿La de si tú crees o sabes si fue tu madre quien mató a tu padre, o si éste dio muerte a aquélla, o fue esa tragedia un doble suicidio?

—A eso me refería, sí. Yo quiero preguntarle a mi vez, sin embargo, si ha abrigado en algún instante la intención de poner en conocimiento de mistress Burton-Cox la información que pudiera facilitarle.

—No. Ni hablar. Ni por un momento se me ha pasado por la

cabeza semejante idea. Cuando se me presente la ocasión, de ser necesario, le diré que este asunto no es de su incumbencia, ni de la mía, y que no pienso darle traslado de nada de lo que tú puedas contarme o haberme contado.

—Es lo que me imaginé —dijo Celia—. Creo que puedo confiar en usted. No me importa referirle lo que sé.

—No es preciso. No te lo he pedido.

—Cierto. Voy a darle la respuesta, sin embargo. Es muy sencilla: yo no sé nada.

—Nada... —repitió mistress Oliver, pensativa.

—Yo no me encontraba allí cuando pasó aquello. No estaba en la casa. No acierto a recordar dónde me hallaba entonces. Creo que en Suiza, en un colegio... Es posible que estuviera en otra parte, pasando unas vacaciones en casa de alguna condiscípula. Hágase cargo. Tengo unos recuerdos muy confusos de aquellas fechas.

—Eso es lógico. ¿Cómo ibas a saber algo? Eras muy joven, entonces.

—Me interesaría saber qué es lo que usted piensa concretamente —declaró Celia—. ¿Qué estima más probable: que estuviera enterada de todo o que no?

—Bueno. Tú me has dicho que no te encontrabas en casa. De haber estado allí, yo estimaría probable que estuvieses informada. Los chiquillos suelen enterarse de todo. Y los jóvenes que no han rebasado los veinte años. Los chicos y las chicas, en esos años, saben mucho, ven mucho y hablan poco. Pero ellos captan cosas que se les escapan a los de fuera, se enteran de cosas que no siempre están dispuestos a referir, y menos aún a los sabuesos de la policía.

—Es usted una mujer muy sensata, mistress Oliver. No creo que supiera nada entonces. Estimo que no tenía ninguna idea sobre lo sucedido. ¿Qué pensó la policía? No tome a mal mi pregunta. Nunca leí nada relativo a las indagaciones...

—La policía, según creo, estimó que se trataba de un doble suicidio. Ahora bien, me parece que en ningún momento llegó a dar con la razón que motivara el mismo.

—¿Quiere usted saber lo que pienso?

—Si no deseas decírmelo espontáneamente, no —contestó mistress Oliver.

—Supongo que le interesa saberlo. Después de todo, usted se dedica a escribir historias referentes a crímenes. Juzgo que esta circunstancia suscita su interés.

—Sí, lo admito, pero nada más lejos de mí que la intención de ofenderte buscando una información que en realidad no es de mi incumbencia.

—Le confesaré que de vez en cuando me formulé ciertas preguntas... ¿Cómo? ¿Por qué? Lo malo era que yo sabía muy poco acerca de la marcha de las cosas en nuestro hogar. Las vacaciones anteriores las había pasado en el continente, con motivo de un intercambio, de manera que hacía tiempo que no había visto a mis padres. Habían estado en Suiza, sacándome del colegio en una o dos ocasiones, y eso fue todo. Los vi como siempre, pero se me figuraron mucho más viejos. Creo que mi padre no se encontraba muy bien. Cada día se sentía más débil. No sé si tenía algo de corazón. De niña no se piensa mucho en estas cosas. A mi madre la veía cada vez más nerviosa. Tenía manías con respecto a su salud. Los dos se llevaban bien. Nada de anormal descubrí en sus relaciones. Claro está, cada uno tenía sus ideas, pero...

—Creo que es mejor que dejemos ese tema —decidió mistress Oliver—. No hay por qué ahondar más. Todo quedó muy atrás. El veredicto fue completamente satisfactorio. No hubo manera de descubrir un móvil o algo parecido. Y no se habló de si tu padre había matado deliberadamente a tu madre, ni de si ésta acabó con él.

—Si me preguntaran cuál de las dos cosas era la más probable —afirmó Celia—, yo me inclinaría a pensar que fue mi padre quien mató a mi madre. En un hombre, tal acción es más natural. Disparar sobre una mujer, por un motivo u otro... Yo no creo que una mujer, y menos como mi madre, pueda llegar a hacer fuego fríamente contra su marido. De haber querido ella eliminarlo, hubiera elegido otro método. Ahora bien, me niego a creer que uno deseara ver muerto al otro.

—Entonces, tuvo que haber una tercera persona, ¿no?

—Sí, pero, ¿quién?

—¿Quién más había en la casa?

—Un ama de llaves ya entrada en años, que veía y oía muy poco, y una chica joven extranjera, que pagaba su alojamiento y manutención ayudando en los trabajos domésticos. Había cuidado de mí (era muy agradable). Cuando volví a la casa para atender a mi madre, que había estado en un hospital... Se encontraba allí también una tía a la que nunca tuve mucho cariño. A mi juicio, ninguna de estas personas tenía nada contra mis padres. Nadie salió ganando con su muerte, excepto yo, creo, y mi hermano Edward, cuatro años menor. Heredamos dinero, pero no mucho. Mi padre tenía su pensión. Mi madre, una pequeña renta. No. Allí no se veía nada de particular.

Mistress Oliver contestó ahora:

—Lo siento mucho, hija. Lamento haberte hecho recordar cosas bien tristes con mi pregunta.

—No me siento turbada por la evocación de nuestra tragedia. Usted la ha agitado un poco en mi mente y esto ha despertado mi interés. Piense que han pasado años, que soy una mujer ya y que por tanto me agradaría saber a qué atenerme. Quise a mis padres como muchos otros hijos aman a los suyos. Fue el mío un cariño normal, no una pasión. Estimo que tuve pocos puntos de contacto con ellos. No sabía cómo eran en realidad, ni cómo era su vida en común. No sabía a ciencia cierta cuáles eran sus preferencias... Sigo en la misma ignorancia hoy. Desearía que esto no fuese así. Me pasa ahora lo mismo que si llevase dentro de mí un erizo que se agitara constantemente, que no me dejara en paz un instante. Sí. Me gustaría estar informada. ¿Por qué? Para dejar de pensar en esa tragedia de una vez para siempre.

—Así pues, Celia, tú piensas en ella...

La joven miró fijamente a mistress Oliver. Parecía estar intentando adoptar una decisión.

—Sí. No he dejado de pensar en eso nunca. Creo que pronto me habré forjado una idea sobre el caso... No sé si me comprende. Y Desmond abriga idéntica impresión.

Capítulo V

LOS VIEJOS PECADOS TIENEN
LARGAS SOMBRAS

Hércules Poirot empujó la puerta giratoria, que le llevó al interior del pequeño restaurante. Había poca gente allí. Localizó en seguida al hombre con quien estaba citado. Junto a una de las mesas del rincón se elevó el sólido corpachón del inspector Spence.

—Ha dado usted con el local, ¿eh? Supongo que sin muchos trabajos.

—En absoluto. Sus señas eran muy precisas.

—Permítame que le presente al inspector jefe Garroway... monsieur Hércules Poirot.

Garroway era un hombre alto y delgado, de cara fina, ascética. Sus escasos y grises cabellos se aclaraban por completo en lo alto de la cabeza, dibujando en ella una especie de tonsura. En consecuencia, parecía un sacerdote, hasta cierto punto.

—Encantado —dijo Poirot.

—En la actualidad estoy jubilado —explicó Garroway—, pero todavía recuerda uno muchas cosas. Se trata de cosas del pasado, generalmente olvidadas por el gran público.

Hércules Poirot estuvo a punto de contestar: «Los elefantes disfrutan de una memoria excelente», pero se contuvo a tiempo. Asociaba esta frase mentalmente con Ariadne Oliver y le costaba trabajo no pronunciarla cuando en ciertas ocasiones los interlocutores aludían a conceptos adecuados.

Los tres hombres tomaron asiento. Un camarero les llevó el menú. El inspector Spence, cliente de aquel restaurante, dio algunos consejos a sus acompañantes. Garroway y Poirot eligieron sus platos. Luego, recostándose en sus sillas, saborearon el jerez que acababan de servirles, observándose mutuamente en silencio por unos minutos.

—Tengo que presentarles mis excusas —dijo Poirot—. Tengo que rogarles que me disculpen por recurrir a ustedes en relación con un asunto que está más que liquidado.

—Lo que a mí me gustaría saber —dijo Spence— es por qué

se ha interesado por el caso. ¿Por qué razón desea ahondar en el pasado? ¿Tiene esto algo que ver con cualquier cosa ocurrida recientemente? ¿Se ha sentido repentinamente interesado por este caso, más bien inexplicable?

»El inspector Garroway fue el encargado en su día de las investigaciones sobre el asunto Ravenscroft. Hemos sido siempre buenos amigos y por tal motivo no he experimentado dificultades a la hora de intentar ponerme en contacto con él.

—Y ya veo que ha tenido la amabilidad de estar presente aquí hoy. Todo, sencillamente, porque me ha picado la curiosidad, una curiosidad que no se justifica muy bien, quizá, por el hecho de pertenecer el caso Ravenscroft al pasado y haber sido liquidado definitivamente.

—Bueno —contestó Garroway—, yo no me atrevería a decir tanto. Todos estamos interesados por algunos casos pertenecientes al pasado. ¿Mató Lizzie Borden realmente a sus padres con un hacha? Hay gente que todavía cree que no. ¿Quién asesinó a Charles Bravo y por qué? Existen diversas hipótesis, en su mayor parte no muy bien fundadas. A estas alturas, la gente formula todavía diversas explicaciones también.

Sus vivos y astutos ojos se fijaron en Poirot.

—Además, si no estoy equivocado, monsieur Poirot, en varias ocasiones, se ha ocupado de algunos casos con éxito, todos ellos pertenecientes al pasado.

—En tres ocasiones, ciertamente —concretó el inspector Spence.

—La primera vez creo que fue con motivo de una petición formulada por una joven canadiense.

—Así es —dijo Poirot—. Tratábase de una chica muy vehemente, muy apasionada y enérgica. Se presentó aquí con el afán de efectuar indagaciones en relación con un crimen que había motivado la condena a muerte de su madre. La mujer falleció antes de que se cumpliese la sentencia... La chica en cuestión estaba convencida de que su madre era inocente.

—¿Y ella, a su vez, pudo convencerle a usted? —inquirió Garroway.

—De buenas a primeras, no —contestó Poirot—, pero me impresionó en seguida su vehemencia, la seguridad con que hablaba.

—Es natural que una hija se empeñara a toda costa en demostrar la inocencia de su madre —señaló Spence.

—Había algo más que eso —declaró Poirot—. La chica supo hacerme ver qué clase de mujer era su madre.

—¿Una mujer incapaz de cometer un crimen?

—No es eso. Ustedes estarán de acuerdo conmigo en que no hay ninguna persona que pueda ser juzgada incapaz de cometer un crimen. Ocurría en este particular caso que la madre jamás alegó ser inocente. Parecía estar satisfecha con la sentencia dictada por el tribunal. Esto constituía ya de por sí un detalle curioso. ¿Era una derrotista? Al parecer, no. Es una cosa que quedó demostrada nada más iniciar yo mis investigaciones. Puedo afirmar que no sólo no era una derrotista sino que resultó ser todo lo contrario.

Garroway se mostró sumamente interesado por las palabras de Poirot. Inclinóse sobre la mesa, cortando una punta al panecillo que el camarero había colocado junto a su plato.

—¿Y resultó ser también inocente?

—Sí —contestó Poirot.

—¿Se sintió usted sorprendido ante tal descubrimiento?

—En su momento, no. Había un par de cosas, una de ellas, singularmente, que ponía de relieve su falta de culpabilidad. Se trataba de un hecho no valorado por nadie cuando debiera haber sido considerado…

En ese momento, el camarero sirvió a los tres comensales un plato de trucha pasada por las brasas.

—Hubo otro caso de investigación referida a una época pasada, aunque no planteado de la misma forma —agregó Spence—. El de la chica que en el transcurso de una reunión declaró haber visto cometer un crimen.

—Otra acción proyectada hacia el pasado, en efecto —confirmó Poirot.

—¿Y era cierto que la chica había visto cometer aquel crimen?

—No —contestó Poirot—. Esta trucha es deliciosa —añadió, satisfecho.

—En este restaurante, los platos de pescado son magníficos —apuntó el inspector Spence.

El hombre se sirvió más salsa.

—La salsa también es estupenda —declaró a modo de justificación.

Los siguientes tres minutos transcurrieron en silencio.

—Cuando Spence me preguntó si recordaba las circunstancias del caso Ravenscroft —manifestó el inspector Garroway—, me sentí intrigado y encantado al mismo tiempo.

—¿No lo había olvidado del todo?

—El caso Ravenscroft es de los que se recuerdan siempre.

—¿Cree usted que existieron en él algunas circunstancias raras? ¿Hubo falta de pruebas, demasiadas hipótesis, quizá?

—No —contestó Garroway—. Nada de eso. Las pruebas recogían los hechos visibles. No era la primera vez que una pareja moría en circunstancias parecidas a aquéllas. Y sin embargo...

—¿Qué? —preguntó Poirot.

—Todo apuntaba hacia el error —dijo Garroway.

—¡Ah! —exclamó Spence, que se sentía muy interesado, evidentemente, por aquel diálogo.

—En cierta ocasión, llegó usted a pensar lo mismo, ¿no? —inquirió Poirot, volviéndose hacia él.

—En el caso de mistress McGinty, sí.

—Usted no se dio por satisfecho cuando aquel difícil joven fue arrestado —recordó Poirot—. Había muchas razones que abonaban su actuación; daba la impresión de ser el autor de todo; todo el mundo lo tenía por tal. Pero usted sabía que no había hecho nada. Estaba tan seguro de eso que fue en mi busca, rogándome que averiguara lo que pudiera.

—Me procuré su colaboración, la cual me fue muy útil, ¿no es así? —preguntó Spence.

Poirot suspiró.

—Por fortuna. Era un joven sumamente fastidioso aquél. Merecía haber sido colgado, no porque hubiese cometido algún crimen sino por el empeño que ponía en que los demás no le ayudasen a demostrar su inocencia. Y ahora nos enfrentamos con el caso Ravenscroft... Usted ha dicho, inspector Garroway, que algo del mismo marchó mal, ¿no?

—Sí. Yo tenía esa seguridad. Hasta cierto punto, claro... Usted ya me comprende, sin duda.

—Le entiendo —afirmó Poirot—. Como también le entiende Spence. Uno tropieza con esas cosas, a veces. Se poseen pruebas, hay un móvil, hay una oportunidad, se tienen pistas, se conoce la *mise-en-scène*... Disponemos, por así decirlo, de una especie de plano a la vista. Pero se presiente el error. Es como cuando un crítico, dentro del mundo artístico, se sitúa frente a un cuadro. Instintivamente, sabe ver su falsedad, su falta de autenticidad.

—Nada pude hacer entonces, realmente —confesó el inspector Garroway—. Estudié el caso por arriba, por abajo, por delante y por detrás. Hablé con algunas personas. No había nada más. Parecía haber mediado un pacto de suicidio entre las dos víctimas. Desde luego, la iniciativa pudo ser del esposo o de la esposa. Esta clase de sucesos se dan de tarde en tarde. Uno se encuentra ante hechos consumados. Y en la mayor parte de los casos da más o menos tarde con el porqué.

—En este caso concreto no se tenía la menor idea sobre el porqué, ¿verdad? —preguntó Poirot.

—Verá usted… En el momento en que se inicia una investigación, en cuanto se ven cosas y se empieza a hablar con la gente, uno consigue hacerse con un cuadro descriptivo, muy elocuente, por regla general. Aquello era una pareja que se había adentrado ya bastante en la vida. El historial del esposo era bueno. La esposa era una mujer afable, de buen carácter. Se llevaba bien el matrimonio. Esto es algo que se sabe en seguida. Vivían felices y tranquilos.

»Pasaban el tiempo dando largos paseos, jugando a los cientos o al póquer. Tenían hijos que no habían sido causa de particulares ansiedades: un chico en un colegio de Inglaterra y una chica interna en un *pensionnat* de Suiza. Nada erróneo u oscuro se advertía en aquellas vidas. Las víctimas disfrutaban hasta el momento de producirse la tragedia de una salud casi normal. El esposo había padecido algo de hipertensión, pero se mantenía en buena forma gracias a una medicación apropiada. Su esposa era ligeramente sorda, y había sufrido algún tiempo atrás del corazón. Nada que pudiera mantenerla constantemente preocupada. Es posible que él o ella fuesen aprensivos, desde luego. Hay individuos que gozan de una salud excelente y, sin embargo, están convencidos de que padecen una enfermedad grave y oculta por cuya razón creen que no van a vivir mucho tiempo. A veces, este convencimiento les lleva al suicidio. Yo no catalogaría a los Ravenscroft en esa categoría humana. Él y ella eran dos seres equilibrados y serenos.

—¿Qué es lo que realmente pensó usted de todo aquello? —preguntó Poirot.

—Reflexionando ahora sobre el caso, me digo que fue un doble suicidio. No pudo haber otra cosa. Por una razón u otra, los dos llegaron a ver la vida como algo insoportable. Sin embargo, no se enfrentaban con dificultades económicas, no estaban enfermos, no eran dos seres castigados por las desgracias. Al llegar aquí, se quedaba uno asombrado. Aquello tenía todas las trazas del suicidio. No acierto a ver otra cosa.

»Salieron a dar un paseo. Y se llevaron consigo un revólver. El arma fue encontrada entre los dos cadáveres. Sus huellas dactilares, borrosas, estaban en el revólver. Los dos lo habían empuñado, pero no había manera de saber quién fue el primero en disparar. Uno se inclina a pensar que fue el esposo quien disparó sobre la esposa, suicidándose a continuación. Y yo pienso así porque lo estimo lo más probable. ¿Por qué? ¿Por qué? Han pasado bastantes años. Pero siempre que leo en los periódicos la noticia del suicidio de un matrimonio vuelvo a preguntarme qué fue lo que pasó en el caso de los Ravenscroft. Han transcurrido doce o catorce años y sigo planteándome esa incógnita. ¿Por qué? ¿Por qué? ¿Odiaba el hombre a su esposa? ¿Databa ese odio de mucho tiempo atrás? ¿O era ella quien odiaba al marido, ansiando deshacerse de él? ¿Era aquel odio mutuo? ¿Tan insoportable les resultaba aquella situación que no pudieron resistirla por más tiempo?

Garroway se llevó otro trozo de pan a la boca.

—Usted me ha hecho pensar de nuevo en el caso, monsieur Poirot. ¿Se le ha acercado alguien para decirle cualquier cosa capaz de excitar su curiosidad? ¿Ha dado usted con algo que pueda ser la respuesta al porqué?

—No —dijo Poirot—. Con todo, usted debió de formularse una hipótesis. ¿Es así o no?

—Sí, desde luego. Uno elabora hipótesis con la esperanza de que alguna de ellas sirva para explicárselo todo. Habitualmente, sin embargo, de nada sirven. Creo que llegué a una conclusión: que no podía buscar la causa del hecho por no disponer de elementos de juicio suficientes. ¿Qué sabía yo acerca del matrimonio? El general Ravenscroft estaba a punto de cumplir los sesenta años; su esposa tenía treinta y cinco… De sus vidas, en rigor, yo conocía únicamente un último período, de cinco o seis años. El general se había retirado. Habían vuelto a Inglaterra después de residir en el extranjero. Tras una breve estancia en Bournemouth, habíanse trasladado a la casa en que ocurrió la tragedia. Habían vivido allí tranquilamente, en paz. Sus hijos regresaban en la época de las vacaciones escolares. Yo diría que se trataba de una etapa feliz al final de lo que uno se inclinaba a considerar una vida normal.

»Ahora bien, ¿qué sabía yo sobre aquella existencia supuestamente normal? Conocía la vida que habían llevado tras el retiro, en Inglaterra, sabía de su familia… No había móviles de tipo económico, ni el del odio, ni complicaciones de índole sexual. Pero existía otro período anterior a eso. ¿Qué sabía de él? Yo estaba enterado de que el matrimonio había residido casi siempre en el extranjero, efectuando ocasionales visitas a Inglaterra. El hombre tenía un buen historial. Las amigas de la esposa conservaban gratos recuerdos de ella. Nada apuntaba a la riña, al disgusto, a la tragedia. Claro, podía haber cosas que yo desconociera.

»Había que considerar un período de veinte, treinta años, los que iban desde la infancia hasta la época de la boda, el tiempo que viviera el matrimonio en Malasia y en otros sitios. Quizá la raíz del drama estuviera allí. Mi abuela gustaba de citar un elocuente proverbio: *Los viejos pecados tienen largas sombras.* ¿Radicaba la causa de aquella doble muerte en alguna larga sombra, en una sombra del pasado? Esto no es nunca fácil de averiguar. Uno se entera en seguida del historial personal y profesional de un hombre, de lo que dicen de él sus amigos y conocidos... En cuanto a lo de llegar a los detalles íntimos, ya es otro cantar. Una hipótesis fue tomando arraigo en mi mente: había que dar con algo que hubiese sucedido en otro país. Podía tratarse de algo supuestamente olvidado, liquidado, pero todavía latente. Y susceptible de proyectarse sobre la vida del matrimonio en Inglaterra. Yo creo que hubiera acabado por dar con ese algo misterioso.., de haber sabido dónde centrar mi búsqueda.

—Concretando: debía haber pensado en un hecho que nadie pudiera recordar aquí, por la sencilla razón de que los amigos del matrimonio, dentro de Inglaterra, no lo hubieran conocido nunca.

—Sus amigos de Inglaterra se habían ido desparramando por el país con el paso de los años, aunque supongo que, ocasionalmente, el matrimonio era visitado por algunos. Lo normal es que la gente comente lo actual, lo que tiene más a mano. Las personas olvidan con mucha facilidad...

—Sí. La gente suele ser olvidadiza —comentó Poirot, pensativo.

—Las personas no son como los elefantes —dijo el inspector Garroway, con una débil sonrisa—. Se ha afirmado en varias investigaciones que los elefantes tienen una memoria prodigiosa.

—Es raro que haya dicho usted eso —manifestó Poirot.

—¿Lo de los viejos pecados con largas sombras?

—No, no. Es su observación sobre los elefantes lo que me ha llamado la atención.

El inspector Garroway miró a Poirot sorprendido. Parecía estar esperando algo más. Spence fijó sus ojos atentamente en su viejo amigo.

—Pudo ser algo que pasara en el este —sugirió—. Quiero decir... Bueno, allí hay elefantes, ¿no? También los tenemos en África. De todos modos, ¿quién ha estado hablándole a usted de esos animales?

—Los mencionó una amiga mía —explicó Poirot—. Usted la

conoce —añadió, dirigiéndose al inspector Spence—. Es mistress Oliver.

—¡Oh! Ariadne Oliver. ¡Vaya!

—¿En qué está usted pensando? —inquirió Poirot. —¿Es que ella sabe algo sobre este asunto?

—No lo sé, todavía... Pero es posible que averigüe algo antes de que transcurra mucho tiempo. —Poirot agregó pensativo—: Ya sabe usted cómo es mistress Oliver. Suele ser muy inquieta.

—En efecto. ¿Ha concebido alguna idea especial?

—¿Se refieren ustedes a Ariadne Oliver, la escritora? —preguntó Garroway, con interés.

—Sí, por supuesto —aclaró Spence.

—Sé que se dedica a escribir novelas policíacas. No me explico de dónde saca sus ideas, los hechos que forman parte de sus argumentos.

—Las ideas las saca de la cabeza. En cuanto a los hechos... Bueno, esto último es más difícil de explicar —declaró Poirot. Hubo una pausa en la conversación.

—¿Piensa usted en algo en particular, Poirot?

—Sí —contestó aquél—. En cierta ocasión le eché a perder un argumento. Bueno, eso es lo que me ha dicho muchas veces. Acababa de ocurrírsele una excelente idea sobre un hecho, algo que tenía que ver con un chaleco de lana de mangas largas, cuando se me ocurrió llamarla por teléfono, con lo cual la distraje, siendo el culpable de que se le olvidara lo que había pensado. De vez en cuando, me lo echa en cara.

—¡Válgame Dios! —exclamó Spence—. Eso viene a ser como lo del perejil que se hundió en la mantequilla un día de mucho calor. ¿Saben a qué me refiero? A la historia de Sherlock Holmes y el perro que no hizo nada por la noche...

—¿Tenían ellos un perro? —preguntó Poirot.

—¿Cómo?

—He preguntado si ellos tenían un perro. Me refiero al general y a lady Ravenscroft. ¿Se hicieron acompañar por algún perro el día en que dieron el paseo que había de terminar con sus vidas?

—Tenían un perro, sí —dijo Garroway—. Supongo que el animal les acompañaría frecuentemente en sus paseos.

—De haberse tratado de una de las historias de mistress Oliver, el perro hubiera sido hallado aullando junto a los dos cadáveres. Pero no sucedió nada de eso.

Garroway denegó con un movimiento de cabeza.

—¿Dónde estará ese perro ahora? —inquirió Poirot.

—Supongo que estará enterrado en algún jardín —señaló Garroway—. Pasaron catorce años desde entonces.

—En consecuencia, no podemos recurrir al animal para someterlo a un interrogatorio —dijo Poirot—. Una lástima. Es sorprendente... ¡La de cosas que llegan a saber los perros! Concretamente, ¿quiénes se encontraban en la casa? Me refiero al día en que se cometió el crimen.

—Me he traído una lista —declaró el inspector Garroway—, por si usted deseaba consultarla. Mistress Whittaker, una mujer de edad, hacía de cocinera y ama... Era su día libre, de modo que sus declaraciones resultaron ser de escasa utilidad para nosotros. Había también una persona que en otro tiempo había sido institutriz de los chicos de los Ravenscroft, según tengo entendido. Mistress Whittaker era bastante sorda y corta de vista. No pudo referirnos nada de interés. Sólo que lady Ravenscroft había estado poco tiempo atrás en una clínica... Cosa de los nervios, al parecer. Se encontraba allí, asimismo, un jardinero.

—Pero pudo presentarse un extraño allí, una persona ajena a la casa. Una sombra del pasado. ¿Es ésa su idea, inspector Garroway?

—Más que una idea, una hipótesis.

Poirot guardó silencio. Estaba pensando en que una vez le habían pedido que se adentrara en el pasado, teniendo ocasión de estudiar a cinco personas que le habían recordado una canción infantil: *Cinco cerditos*. Había vivido una experiencia interesante y gratificante, por el hecho de haber logrado dar con la verdad.

Capítulo VI

UNA VIEJA AMIGA RECUERDA

Cuando mistress Oliver regresó a su casa, a la mañana siguiente, se encontró con que miss Livingstone la estaba esperando.

—Ha tenido usted dos llamadas telefónicas, mistress Oliver.

—¿De quién?

—La primera fue de Crichton y Smith. Querían saber si se quedaba con el brocado verde o el azul pálido.

—Todavía no me he decidido —contestó mistress Oliver—. Recuérdeme este asunto mañana por la mañana, ¿quiere? Me gustaría verlos a la luz artificial.

—La otra persona que llamó era extranjera: un tal Hércules Poirot.

—¡Ah, sí! ¿Qué deseaba?

—Preguntó si podría usted llamarle e ir a verle esta tarde.

—Eso me va a resultar completamente imposible —manifestó mistress Oliver—. Llámele, ¿quiere? Yo tengo que salir inmediatamente. ¿Le dejó su número de teléfono?

—Sí, mistress Oliver.

—Magnífico. Así no tendré que consultar la guía. Llámele. Dígale que siento no poder ir a verle, que ando tras la pista de un elefante.

—¿Qué?

—Dígale que estoy sobre la pista de un elefante.

—¡Oh, sí! —exclamó miss Livingstone, mirando a mistress Oliver un poco de reojo.

Ella sabía que Ariadne Oliver era una escritora famosa. Juzgaba que, además, no andaba muy bien de la cabeza.

—Nunca me había dedicado a la caza de elefantes —explicó mistress Oliver—. Ahora pienso que se trata de una actividad muy interesante.

Entró en el salón, abrió el primero de los volúmenes apilados sobre el sofá, todos ellos con trazas de haber sido muy manoseados. La noche anterior había anotado en un papel varias direcciones.

—Bien. Hay que empezar por alguna parte —dijo—. Empezaré por Julia, si todavía le queda un poco de sensatez, si no está chiflada del todo. Julia fue siempre una mujer con ideas y, por otro lado, conocía aquella parte del país por haber vivido allí durante algún tiempo. Sí. Julia va a ser la primera...

—Aquí tiene usted cuatro cartas para firmar —le recordó miss Livingstone.

—No quiero que me moleste nadie —contestó mistress Oliver—. Es que no puedo perder ni un minuto. He de trasladarme a Hampton Court y esto queda bastante lejos.

La honorable Julia Carstairs se vio obligada a hacer un ligero esfuerzo para abandonar el sillón en que había estado sentada, el esfuerzo que normalmente tienen que hacer todas aquellas personas de más de setenta años tras un prolongado descanso o después de dar unas cabezadas. Seguidamente, dio un paso adelante y aguzó la vista para descubrir quién era la persona anunciada por la fiel servidora. Por el hecho de ser algo sorda, no había entendido bien el apellido. Mistress Gulliver... ¿Era eso lo que había oído? Pues no se acordaba de ninguna mistress Gulliver. Dio, vacilante, otro paso más, siempre con los párpados entreabiertos.

—No creo que me recuerde usted. Hace muchos años que no nos vemos.

Al igual que muchas personas de edad avanzada, mistress Carstairs podía recordar las voces mejor que los rostros.

—Pero... ¡Mi querida Ariadne! Me alegro mucho de verla...

Las dos mujeres intercambiaron unas cuantas frases amables.

—He tenido que venir por aquí para entrevistarme con una persona que vive no muy lejos de esta casa —explicó mistress Oliver—. Consultando mi agenda, he visto que su casa, mistress Carstairs, quedaba por las inmediaciones... ¡Qué coincidencia tan agradable! —exclamó, mirando a su alrededor—. Tiene usted una vivienda muy bonita.

—No está mal —declaró mistress Carstairs—. Este grupo de casas no es lo que yo quisiera, pero reúne muchas ventajas. He podido traerme mis muebles y hay aquí un restaurante donde se come bastante bien. Sí. Estoy contenta. Los alrededores son preciosos y están bien cuidados. Bueno, Ariadne, siéntese, por favor. Tiene usted muy buen aspecto. El otro día leí en la prensa que había asistido a una comida literaria. Es curioso... No he hecho más que leer su nombre en el periódico, prácticamente, y ya la tengo aquí en persona.

Mistress Oliver aceptó la silla que su interlocutora acababa de asignarle.

—Las cosas son así —repuso sencillamente.

—¿Vive usted todavía en Londres?

Mistress Oliver contestó afirmativamente a esta pregunta. A continuación se interesó por la hija de mistress Carstairs y sus dos nietos, la que vivía en el país. Después preguntó por la otra. ¿Qué hacía en la actualidad? Al parecer, se encontraba en Nueva Zelanda. Mistress Carstairs no estaba muy segura de todas las actividades que desarrollaba allí. Hallábase entregada a una labor de investigación sociológica, dio a entender. Mistress Carstairs oprimió un botón situado sobre uno de los brazos de su sillón, y ordenó a Emma que les sirviera el té. Mistress Oliver le rogó que no se tomara ninguna molestia. Julia Carstairs respondió:

—Desde luego, Ariadne Oliver no puede salir de mi casa sin haber saboreado un buen té.

Las dos mujeres se recostaron en sus asientos. Rememoraron algunos hechos del pasado.

—Han pasado unos cuantos años desde la última vez que nos vimos —declaró mistress Carstairs.

—Creo que eso fue en la boda de los Llewellyn —apuntó mistress Oliver.

—Sí, creo que sí. ¡Qué vestido tan horrible el de Moira, la madrina! No estaba nada bien, ni de color ni de hechura.

—Me acuerdo perfectamente de él. Le caía pésimamente.

—Yo creo que en nuestros días las bodas eran más lucidas, más bonitas. Ahora los novios se ponen lo que les viene en gana. Y sus acompañantes hacen juego con ellos, vistiendo con una extravagancia irritante. No tienen ningún respeto por el templo. De ser sacerdote, creo que me negaría a casar a muchas jóvenes parejas de esta época.

Llegó el té. La conversación siguió por aquellos derroteros.

—El otro día vi a Celia Ravenscroft, mi ahijada —manifestó mistress Oliver—. ¿Usted se acuerda de los Ravenscroft? Claro, le hablo de muchos años atrás.

—¿Los Ravenscroft? Un momento, un momento... Fueron los protagonistas de una gran tragedia, ¿no? ¿No se pensó en un doble suicidio? Las víctimas fueron encontradas cerca de su casa, en Overcliffe.

—Tiene usted una memoria maravillosa, Julia —comentó mistress Oliver.

—Siempre tuve buena memoria. Sí, pese a recordar en cambio con gran dificultad los nombres de las personas a veces. Sí. Aquello fue una auténtica tragedia, ¿verdad?

—Una verdadera tragedia, en efecto.

—Uno de mis primos tuvo mucha relación con el matrimonio en Malasia. Hablo de Roddy Foster. El general Ravenscroft tenía una hoja de servicios en el ejército muy buena. Desde luego, estaba algo sordo en la época de su retiro. No siempre captaba lo que le decían.

—¿Se acuerda usted realmente bien de esas personas?

—¡Oh, sí! No olvida una a la gente así como así. Además, vivieron en Overcliffe cinco o seis años.

—Yo no me acuerdo ahora del nombre de pila de ella —declaró mistress Oliver.

—Creo que se llamaba Margaret. Pero todo el mundo la llamaba Molly. Sí, Margaret. Hay muchas mujeres que llevan este nombre. Bueno, había más antes, en aquella época. Solía usar peluca, ¿no se acuerda usted?

—Sí, sí. No lo recuerdo muy bien, pero creo que usaba peluca —contestó mistress Oliver.

—Me parece que en más de una ocasión intentó convencerme de que debía usarla yo también. Insistía en que era muy útil durante los viajes. Ella tenía cuatro. Una de ellas se la ponía exclusivamente por la noche; otra la destinaba exclusivamente a los viajes, como he dicho... Era una peluca muy rara ésta. Se podía llevar con sombrero.

—Yo no conocía a los Ravenscroft tan a fondo como usted —declaró mistress Oliver—. Resulta, además, que en la época de su muerte yo andaba por Estados Unidos, con motivo de unas conferencias. En consecuencia, nunca estuve al tanto de los detalles del suceso.

—Aquello fue un gran misterio —dijo Julia Carstairs—. Una no sabía a qué atenerse. Circularon por ahí muchas versiones del hecho.

—¿Qué se dijo en la investigación? Supongo que habría una investigación, claro...

—Por supuesto. La policía realizó algunas investigaciones. Fue uno de esos enigmas que... Desde luego, se supo que las víctimas habían muerto a consecuencia de varios disparos hechos con un revólver. No se pudo concretar lo ocurrido. Al parecer, el general Ravenscroft disparó sobre su esposa, suicidándose a continuación. Pero también existe la posibilidad de que hubiese sido ella quien hiciera fuego sobre su marido, matándose seguidamente. Lo más seguro es que se hubiesen puesto de acuerdo para suicidarse los dos. A conclusiones definitivas no se llegó nunca.

—¿No se pensó en la posibilidad de un doble crimen?

—No, no. No se descubrió nada raro. No se encontraron huellas dactilares de una tercera persona. El matrimonio, después de tomar el té, salió a dar un paseo. Era lo que hacían a menudo. No habiendo regresado para la cena, el criado, o el jardinero, no lo sé con seguridad, salieron en su busca, descubriendo sus cadáveres. El revólver estaba junto a éstos.

—El revólver era del general Ravenscroft, ¿no?

—Sí. Tenía dos revólveres en la casa. Los militares siempre tienen algún arma de su propiedad. Es un efecto de la costumbre, del hábito profesional. El segundo revólver fue hallado en el cajón de un mueble. Evidentemente, habían llevado el otro con un propósito deliberado. No creo que fuese normal que el general diese su acostumbrado paseo llevando un arma encima.

—Claro.

—Luego, se vio que los dos se llevaban bien, que no habían reñido... En pocas palabras: no existían motivos para pensar en el suicidio. Sin embargo, nadie sabe lo que puede haber en el fondo de todo, cuando se trata de unas vidas ajenas.

—Es verdad —confirmó mistress Oliver—. Hay cosas que sólo conocen Dios y los interesados.

—¡Qué cierto es eso, Julia! ¿Y a usted no se le ocurrió ninguna idea que pudiera explicar la tragedia?

—He pensado muchas veces en ello, calibrando algunas posibilidades, por supuesto.

—¿Por ejemplo? —insistió mistress Oliver.

—Puede ser que los Ravenscroft estuviesen enfermos. Es posible que él creyera padecer algún cáncer... El informe médico, sin embargo, desmintió tal probabilidad. Al parecer, el general había disfrutado siempre de buena salud. Bueno, me parece que tuvo algo de corazón, algo referente a la arteria coronaria. Pero de eso se había recobrado por completo. Y ella era una mujer muy nerviosa. Había sido siempre una neurótica.

—Creo recordar algo sobre el particular —confesó mistress Oliver—. Claro que, como ya he dicho, yo no conocía muy a fondo al matrimonio. —De repente, preguntó—: ¿Llevaba ella peluca?

—Pues, verá... Recuerdo con precisión ese detalle. Sé que siempre llevaba peluca. Una de las cuatro que poseía.

—Me he estado preguntando si... —mistress Oliver se interrumpió—. Yo creo que abrigando la intención de matar al esposo o de suicidarse, nadie cae en el detalle de ponerse una peluca. Lo lógico era que prescindiera de ella, ¿no?

Las dos mujeres se pusieron a discutir este asunto.

—¿Usted qué opina realmente sobre el caso, Julia?

—He tenido siempre mis dudas... Se dijeron muchas cosas. Es lo que sucede siempre, inevitablemente.

—¿Se hablaba de él o de ella?

—Verá... Se afirmó que había por medio una mujer joven. Sí. Me parece que ella trabajó como secretaria del general durante un breve período de tiempo. El hombre escribía sus memorias, un relato de sus andanzas por el extranjero. Se las había encargado un editor. La chica iba tomando lo que él le decía al dictado. Algunas gentes afirmaron que había tenido relaciones íntimas con la secretaria. Bueno, ésta no era tan joven. Había cumplido ya los treinta. Y no era muy agraciada. Sobre ella no se había referido nada escandaloso. Bueno, nunca se sabe... La gente dijo que el general había disparado sobre su esposa porque pretendía casarse con la secretaria. Yo nunca creí tal cosa...

—¿Usted qué pensaba?

—Mis reflexiones se centraban en la esposa, más bien.

—¿Se habló de algún hombre?

—Creo que en Malasia pasó algo. Yo había oído referir una historia acerca de lady Ravenscroft. Se dijo que había entrado en relación amorosa con un hombre mucho más joven que ella. Con tal motivo, el matrimonio había protagonizado un escándalo. No sé dónde fue eso. Pero, de todos modos, eso había sido muchos años atrás y creo que no tuvo consecuencias.

—¿Se rumoreaba algo entre los vecinos de los Ravenscroft? ¿No estuvieron especialmente relacionados con alguno de ellos? ¿Se supo si reñían, si tenían diferencias?

—No creo que hubiese nada en tal sentido. Desde luego, en la época del crimen leí todo lo que se publicó sobre él. El tema fue apasionante para todos. Yo estimo que eran muchas las personas que relacionaban el suceso con alguna trágica historia de amor.

—Pero no se supo concretamente de ninguna, ¿verdad? El matrimonio tenía una hija, mi ahijada...

—¡Oh, sí! Y un hijo. Creo que estaba en un colegio, no sé dónde. La chica contaba solamente doce años... Bueno, quizá fuera mayor. Se encontraba en Suiza.

—Supongo que no habría enfermos mentales en la familia.

—¡Ah! Está usted pensando en el niño... Es posible que no fuese normal. Se oyen contar cosas extrañas. ¿Se acuerda usted del caso del chiquillo que disparó sobre su padre?... Esto ocurrió cerca de Newcastle, creo. Algunos años antes de lo que hemos estado comentando. El chico fue presa de una gran depresión y me parece que al principio se dijo que había intentado ahorcarse en el colegio. Nadie supo nunca por qué... Bueno, con los Ravenscroft no hubo nada de eso. Sí, estoy segura de ello. Yo continúo obsesionada con la idea de que...

—Siga, siga, Julia.

—A mí se me antoja, pese a todo, que hubo un hombre en este asunto.

—¿Quiere usted decir que ella...?

—Sí... Se me figura lo más probable. Hay que considerar primeramente las pelucas.

—No sé qué pueden tener que ver las pelucas con lo demás.

—Ella se empeñaba en ser una mujer de buen ver.

—Contaba treinta y cinco años tan sólo.

—Algún año más tendría. Treinta y seis, tal vez. A mí me enseñó las pelucas un día y pude comprobar que un par de ellas la hacían parecer mucho más atractiva. Otra cosa: se maquillaba mucho. Y todo eso había empezado después de haberse ido a vivir allí. Sí. Decididamente, tenía muy buen aspecto lady Ravenscroft.

—¿Cree usted entonces en la posibilidad de que ella trabara relación con algún hombre?

—Eso es lo que he pensado siempre —declaró mistress Carstairs—. Cuando un hombre va con una mujer la gente se da cuenta en seguida de lo que hay, ya que ellos difícilmente saben ocultar sus andanzas. La mujer es siempre más reservada, más cauta, en estos casos. Se las arregla mejor a la hora de disimular.

—¿Usted cree, Julia?

—Hablo en términos generales, porque normalmente hay personas que, por su posición, están en condiciones de descubrir lo que hay. Pienso en los criados, en los jardineros, en los conductores de los autobuses... Y hasta en un simple vecino que sea un poco fisgón. Cuando se descubre una historia de éstas, la gente habla, comenta. Y si lo que habla llega a conocimiento del marido...

—¿Cree usted que aquello fue un crimen pasional?

—Pues sí.

—Así pues, usted se inclina a pensar que el marido disparó sobre la mujer, suicidándose a continuación.

—Me inclino a pensar, efectivamente, que las cosas sucedieron de ese modo. De suponer otra cosa, la mujer habría tenido que llevar un bolso bastante grande, a la hora del paseo, para guardar en él su revólver. Ninguna de nosotras lleva un bolso para dar un paseo por los alrededores de su casa. Hay que buscar el lado práctico de las cosas.

—Es cierto. ¡Qué interesante!

—A usted tiene que parecérselo, por el hecho de dedicarse a la literatura policíaca. Me imagino que sus ideas serán más sensatas y razonadas que las mías. Usted sabe siempre qué es lo que con toda probabilidad va a ocurrir en un caso cualquiera.

—Yo no sé qué es lo más probable —indicó mistress Oliver—. Escribo de crímenes, ciertamente, en mis novelas, pero tenga en cuenta que esos crímenes me los he inventado yo. Quiero decir que en mis argumentos sucede lo que yo deseo que suceda. No se trata de nada que haya pasado o que pueda pasar. En consecuencia, yo soy la persona menos indicada para opinar. A mí me interesa saber lo que usted piensa por su extraordinario conocimiento de la gente, Julia. Además, usted conoció al matrimonio. Cabe la posibilidad de que ella le refiriera algo un día…

—Sí. Un momento. Ahora que dice usted eso se me ha venido a la cabeza una cosa.

Mistress Carstairs se recostó en su sillón, moviendo la cabeza. Luego, cerró los ojos, quedándose como en trance. Mistress Oliver guardó silencio, escrutando su cara. En sus ojos apareció la mirada característica del ama de casa que observa y espera el instante en que va a empezar a hervir algo que tiene arrimado al fuego, en la cocina.

—Recuerdo que en una ocasión me dijo algo y no sé qué quiso significar con sus palabras —manifestó mistress Carstairs—. Fue algo acerca de iniciar una nueva vida, en relación con santa Teresa, santa Teresa en Ávila.

Mistress Oliver experimentó un ligero sobresalto.

—Pero ¿cómo es que habló de ella?

—No lo sé, realmente. Me parece que había estado leyendo algo sobre la vida de la santa. De todos modos, me dijo que era asombroso ver cómo algunas mujeres habían cambiado de rumbo en la mitad de su existencia. Fue algo así, por el estilo, ya que no puedo recordar sus palabras con exactitud. Aludió a las que, cumplidos los cuarenta o cincuenta años, habían decidido seguir caminando por una nueva senda. Es lo que hizo la santa de Ávila. En la primera etapa de su vida no había hecho nada especial. Habíase limitado a ser una monja más. Luego, se echó a la calle, por decirlo así, reformando y creando conventos. Se empleó a fondo y llegó a ser una gran santa.

—Bueno, pero eso no parece lo mismo.

—No lo es —corroboró mistress Carstairs—. Ahora, las mujeres emplean un lenguaje muy especial cuando se refieren a sus asuntos amorosos. Y frecuentemente se empeñan en poner de relieve, dando muchos rodeos, que nunca es demasiado tarde…

Capítulo VII

REGRESO AL PASADO

Mistress Oliver estudió, dudosa, los tres peldaños que había frente a la puerta principal de una pequeña casa, de pobre aspecto, situada en una calleja. Al pie de las ventanas se veían algunas flores, principalmente tulipanes.

Mistress Oliver abrió la agenda que tenía en las manos, comprobando una señas. ¿Era aquélla la casa que buscaba? Seguidamente, levantó el llamador suavemente, tras haber oprimido varias veces un botón correspondiente a un timbre eléctrico que por lo visto no funcionaba. Llamó varias veces también con el llamador, ya que nadie le contestaba. Finalmente, oyó dentro de la vivienda un rumor de pasos. Luego, más cerca, una respiración jadeante, casi asmática. Unas manos afanosas intentaban abrir la puerta desde dentro.

Aquélla se entreabrió por último con un chirrido. Mistress Oliver vio entonces una arrugada cara de mujer. El gesto no era de bienvenida precisamente. La expresión no era de temor, sino, simplemente, de disgusto. La mujer, de encorvada espalda, tendría setenta u ochenta años, pero aparecía todavía como una gallarda defensora de su hogar.

—No sé a qué viene usted aquí, pero… —La vieja se interrumpió—. ¡Cómo! ¡Pero si es miss Ariadne! ¿Cómo podía figurarme yo esto? Es miss Ariadne.

—Es estupendo que me haya reconocido en seguida —contestó mistress Oliver—. ¿Cómo está usted, mistress Matcham?

—¿Miss Ariadne! ¡Qué sorpresa!

Mistress Oliver pensó que había transcurrido ya mucho tiempo desde la época en que era miss Ariadne. En aquella voz cascada de la anciana todavía acertó a distinguir una inflexión familiar.

—Entre, querida —dijo la vieja—. Entre. Tiene usted muy buen aspecto. ¡Cuántos años llevaba sin verla! ¿Cuántos han sido? Quince, por lo menos.

Habían transcurrido más de quince años, pero mistress Oliver no se entretuvo corrigiéndola. Entró en la vivienda. A mistress Matcham le temblaban mucho las manos. No le obedecían. Con mucho trabajo, logró cerrar la puerta. Luego, arrastrando visiblemente los pies y cojeando un poco, condujo a su visitante a una habitación presumiblemente reservada a los forasteros. Había fotografías por todas partes, de niños y de adultos, algunas de ellas enmarcadas. En una de plateado marco aparecía una mujer joven vestida con traje largo, con la cabeza coronada por plumas. Mistress Oliver vio también los retratos de dos oficiales de la Armada, dos militares y varias fotos de bebés desnudos, tumbados sobre cojines. En la estancia había dos sillones y un sofá. Por sugerencia de la dueña de la casa, mistress Oliver se sentó en uno de los sillones. Mistress Matcham se dejó caer en el sofá y se colocó un cojín en la espalda.

—Bueno, querida, ¡qué alegría verla de nuevo! ¿Sigue usted escribiendo bonitas novelas?

—Sí, claro.

Mistress Oliver se dijo que tenían bien poco de bonitos sus argumentos, a base de policías y crímenes. Pero, en fin, mistress Matcham tenía la costumbre de expresarse de aquella manera.

—Ahora vivo sola —explicó mistress Matcham—. ¿Se acuerda usted de Gracie, mi hermana? Murió el otoño pasado, de cáncer. La operaron, pero cuando se puso en manos de los médicos ya era tarde.

—¡Oh! ¡Cuánto lo siento, mistress Matcham!

Durante los diez minutos siguientes, la conversación de las dos mujeres estuvo centrada en Gracie. Mistress Matcham habló, asimismo, de los parientes que le quedaban.

—Y usted, por lo que puedo apreciar, se encuentra bien, ¿verdad? ¿Y su esposo? ¡Oh! Ahora que me acuerdo, murió hace varios años, ¿no? ¿Y qué la ha traído por aquí, por Little Saltern Minor?

—Pasaba por aquí y como tengo sus señas en mi agenda, me dije que debía visitarla. Quería saber cómo estaba usted, qué tal marchaban sus cosas.

—¡Ah! Y querrá que hablemos también de los viejos tiempos, ¿eh? Siempre es agradable recordar el pasado.

—Sí, desde luego —contestó mistress Oliver, satisfecha al ver el enfoque que su interlocutora, espontáneamente, estaba dando a la conversación, pues con aquel fin había ido allí—. Tiene usted muchas fotografías en esta habitación.

—Aquí, sí. Cuando estuve en la Residencia de Ancianos, que sólo pude resistir durante un año y tres meses, me vi obligada a prescindir de mis cosas personales. ¡Qué sitio tan desagradable aquél! No digo que no estuviera cómodamente instalada, pero como allí todo ha de ser propiedad del centro y a mí me gusta verme rodeada de mis recuerdos... No me desprendería de mis fotografías y mis muebles por nada del mundo. Más tarde fui informada de la existencia de estas viviendas, donde sus ocupantes podían gozar de más libertad. De vez en cuando, aparece por aquí una asistenta social para enterarse de si marcha todo bien. ¡Oh, sí! Estoy muy a gusto en esta casa. No he tenido que separarme de mis cosas, como en la Residencia...

Mistress Oliver echó una mirada a su alrededor.

—Las habitaciones de las residencias resultan, como las de los hoteles, muy frías. No le dicen a una nada. Estos muebles que usted ve, para mí constituyen recuerdos que hablan por sí solos. Mire: esa mesita de ahí me la envió un buen día el capitán Wilson, desde Singapur. ¿Verdad que es muy bonita? El adorno del cenicero es egipcio... ¿Ve? Es un escarabajo sagrado. Es lavis, o lopis...

—Lapislázuli —aclaró mistress Oliver.

—Exacto. Me envió la figurilla mi chico, el arqueólogo, que la encontró en el curso de unas excavaciones.

—Tiene usted aquí todo su pasado, ciertamente —señaló mistress Oliver.

—Tengo aquí a todos mis hijos, de bebés, de niños, de mayores. Estas fotografías han estado siempre conmigo. Me acompañaron a la India, a Siam... Ésta es miss Moya, con traje largo. ¡Oh! Era muy bonita. Ha estado casada tres veces. Se casó primeramente con un lord. El matrimonio no se llevaba bien y después de divorciarse se unió a uno de esos cantantes pop de ahora. Otro fracaso, desde luego. Era de esperar. Finalmente, se casó con un hombre acaudalado de California. Tenía un yate y viajaban constantemente, según me han dicho. Murió hace dos o tres años, cuando sólo contaba sesenta y dos. Es una pena que haya muerto tan joven.

—Usted también ha viajado mucho, ¿no? —inquirió mistress Oliver—, que yo recuerde, usted estuvo en la India, en Hong Kong, en Egipto, en América del Sur... ¿Estoy equivocada?

—No, no ¡qué va! Yo he dado muchos tumbos.

—Yo me acuerdo que cuando visité Malasia, usted se hallaba con cierta familia... Sé que él era general. A ver, espere... ¿No sería el general Ravenscroft?

—No, no. Ha equivocado usted el apellido. Usted se ha acordado de cuando estuve con los Barnaby. Los Barnaby, sí... Estuvo alojada en su casa, ¿no se acuerda? Usted estaba haciendo entonces un poco de turismo. Era amiga del matrimonio. Míster Barnaby era juez.

—Sí, en efecto. Le falla a una la memoria ya. Es fácil hacerse un lío con los nombres.

—Los Barnaby tenían dos hijos —declaró mistress Matcham—. Estuvieron en Inglaterra, estudiando. El chico fue a parar a Harrow y la muchacha a Roedean. Después, me fui con otra familia. ¡Ay! ¡Cómo han cambiado las cosas en los últimos tiempos! Ahora, al frente de las casas suele hallarse la madre y basta. Vivimos en otra época. Con los Barnaby me fue muy bien... ¿De quiénes me ha hablado antes? ¿De los Ravenscroft? También los recuerdo, por supuesto. Sí... Vivieron no lejos de donde yo estaba. Las familias se conocían. Ha pasado mucho tiempo, pero todavía no me falla la memoria. Cuando los chicos se fueron a sus colegios, me dediqué exclusivamente a cuidar de mistress Barnaby. ¡Oh, sí! Estaba allí cuando ocurrió aquel terrible suceso. No me refiero a los Barnaby... Hablo de los Ravenscroft. Nunca lo olvidaré... Llegaron muchas noticias a mis oídos sobre el caso. Fue horroroso.

—Debió de serlo —confirmó lacónicamente mistress Oliver.

—Fue después de haber regresado usted a Inglaterra, mucho tiempo después de eso, creo. Formaban una magnífica pareja. El suceso produjo una impresión tremenda en la casa.

—La verdad, ahora no me acuerdo muy bien... —murmuró mistress Oliver.

—Ya. Las cosas se olvidan. Pero yo aún tengo fresca la memoria... De niña, ella se había mostrado ya como una criatura muy extraña. Se contaba que en una ocasión había sacado a un bebé del cochecillo en que se encontraba para arrojarlo al río. Cuestión de celos, se dijo. Otras personas aseguraron que lo que pretendía era que la criatura no tuviese que esperar toda una vida para ir al cielo.

—Bueno, usted se está refiriendo a lady Ravenscroft, ¿no?

—No, por supuesto que no. ¡Ah! Su memoria no es tan fiel como la mía. Estaba refiriéndome a la hermana.

—¿A su hermana?

—No sé si era hermana de ella o de él. La gente dijo que había estado una temporada en una clínica mental. Cuando cumplió los once o doce años. Una vez curada, salió de allí y contrajo matrimonio con un marino. Surgieron problemas y tuvo que ser recluida de nuevo. La trataron bien. Y ellos iban a verla, según creo.

No sé si era el general o su esposa, o si iban los dos... Los chicos quedaron a cargo de otras personas. Se temía que tuvieran algo de la madre. Después, ella recobró la salud. Volvió al hogar, a vivir otra vez con su esposo, que poco después falleció. Algo de hipertensión, o de corazón, no sé... De todos modos, ella estuvo muy trastornada y se fue a vivir con su hermano o hermana. Parecía sentirse feliz, mostrándose encariñada con los niños. No fue el niño, creo, el que se encontraba en el colegio. Fue la niña, con otra pequeña, que se reunió con ella para jugar aquella tarde... ¡Oh! No acierto a recordar los detalles ahora. ¡Ha pasado tanto tiempo! Se habló mucho de todo eso... Hubo quien dijo que no fue cosa suya, atribuyéndolo todo al ama. Pero el ama quería mucho a aquellas criaturas y se mostró muy apenada. Ella decía que estaban en peligro allí, y otras cosas por el estilo. Desde luego, los otros no creían lo mismo y después pasó lo que pasó...

—¿Qué fue en definitiva de esa hermana del general o de lady Ravenscroft?

—Bueno... Creo que un médico se la llevó, instalándola en algún sitio. Me parece que al final regresó a Inglaterra. No sé si fue a parar al mismo lugar de antes, pero estuvo bien atendida. No había problemas de orden económico. La familia del marido era gente de dinero. Pero es posible que volviera a recuperarse. Todo esto lo tenía medio olvidado. Hacía años que no pensaba en ello. Me ha refrescado la memoria su llegada aquí, hablando del general y de lady Ravenscroft. Me pregunto qué habrá sido de los dos ahora. Supongo que él se retiró hace mucho tiempo...

—Hubo algo muy triste —señaló mistress Oliver—. Tal vez leyera usted la noticia en los periódicos.

—¿Qué noticia?

—El matrimonio compró una casa en Inglaterra y después...

—¡Ah! Ya recuerdo. Sí. Recuerdo que supe de ellos por la prensa. El apellido Ravenscroft me sonaba, pero no acertaba a concretar más. Los dos murieron al despeñarse por un precipicio. ¿No fue eso?

—Sí, aproximadamente.

—Bueno, querida, no sabe usted lo mucho que me alegra verla. Me aceptaría una taza de té, ¿no?

—La verdad es que no me apetece —replicó mistress Oliver—. No, déjelo, muchas gracias.

—Desde luego, tiene usted que aceptármela. Si no le importa, pase a la cocina, ¿quiere? En la cocina paso ahora la mayor parte del tiempo. Se desenvuelve una más cómodamente allí. Claro, a mis visitantes les hago entrar siempre en esta habitación. Es que me siento muy orgullosa de mis cosas, ¿sabe?

—Yo creo que las personas como usted, que han tenido contacto con tantos niños, deben haberlo pasado bien en la vida —apuntó mistress Oliver.

—Pues sí. Me acuerdo de cuando usted, mistress Oliver, era una criatura. Le gustaban mucho mis cuentos. Había uno referente a un tigre. Me acuerdo de otro que era de monos, de monos que trepaban a un árbol y...

—Sí. Yo también los recuerdo. ¡Cuánto tiempo ha transcurrido desde entonces!

Mistress Oliver se vio a sí misma de seis o siete años de edad, paseando por un camino, con los pies embutidos en unas botas con botones que resultaban algo estrechas, mientras una servidora llamada Nanny le contaba una historia infantil que se desarrollaba invariablemente en el marco de la India, o de Egipto. Esta mujer era Nanny. Mistress Matcham era Nanny.

Paseó la mirada por las paredes. Por todas partes había fotografías de niños y niñas y también de personas mayores, en la edad media de la vida, todos ellos luciendo sus mejores ropas. Ninguno de aquellos seres había olvidado a Nanny. Gracias a ellos, probablemente, Nanny disfrutaba de modestas comodidades en su vejez. Todos le enviaban dinero, seguramente, poco o mucho. Mistress Oliver sintió de pronto una extraña congoja, sintió ganas de llorar. Tuvo que hacer un gran esfuerzo para contenerse. Ella no era dada a tales expansiones. Avanzó detrás de mistress Matcham hacia la cocina. Ariadne le mostró lo que había comprado para obsequiarla.

—¡Vaya! ¿Quién iba a figurárselo? Nada menos que té Tophole Thathams, el preferido por mí. Es extraordinario que se acuerde usted de semejante detalle. Hoy puedo conseguirlo en muy raras ocasiones. Y aquí están mis bizcochos predilectos. Bueno, es que se acuerda usted de todo... ¿Cómo la llamaban aquellos dos chiquillos que iban por casa a jugar? ¡Ah, sí! Uno la llamaba lady Elefante y el otro lady Cisne. El que la llamaba lady Elefante se subía a su espalda y entonces usted se ponía a gatas, fingiendo hallarse en posesión de una gran trompa con la que recogía las cosas del suelo.

—¿Cómo se le han quedado impresas todas esas cosas en la cabeza, Nanny? —inquirió mistress Oliver.

—¡Oh! —exclamó mistress Matcham—. Es que tengo una memoria de elefante...

Capítulo VIII

MISTRESS OLIVER SE MUEVE

Mistress Oliver entró en Williams and Barnet, acreditado establecimiento, en el que, entre otras cosas, se vendían productos de belleza. Se detuvo frente a una vitrina, vaciló al pasar junto a una montaña de esponjas y por fin llegó a la sección en cuyos estantes, frascos, tarros y cajitas, con envoltorios sobriamente elegantes, lucían los nombres de Elizabeth Arden, Helena Rubinstein, Max Factor y otros famosos suministradores de cosmética.

Luego, se acercó a una chica algo metida en carnes y se interesó por los lápices de labios. De pronto, lanzó una exclamación de sorpresa.

—¡Cómo! ¡Pero si es Marlene! Eres Marlene, ¿verdad?

—¡Y usted es mistress Oliver! Me alegro mucho de verla. ¡Cómo se van a poner mis compañeras cuando se enteren de que ha estado de compras aquí!

—No es necesario que les digas nada, ¿eh?

—Si se han dado cuenta estarán preparando ya sus libros de autógrafos.

—Yo preferiría pasar inadvertida —dijo mistress Oliver—. Bueno, ¿cómo te va?

—Vamos tirando, tirando, solamente, mistress Oliver.

—No sabía que continuabas trabajando aquí.

—Pues sí. En algún sitio hay que estar y aquí no la tratan a una mal. Me subieron el sueldo el año pasado y ahora, más o menos, estoy al frente de esta sección de perfumería y productos de belleza.

—¿Y tu madre? ¿Está bien?

—¡Oh, sí! A mamá le agradará saber que nos hemos visto.

—Sigue viviendo en la misma casa, aquella que queda más allá del hospital, ¿no?

—Allí seguimos, en efecto. Mi padre no marcha bien. Estuvo una temporada en un hospital… Pero mamá se mantiene perfectamente, dentro de lo que cabe. Desde luego, se sentirá gratamente sorprendida cuando se entere de que la he visto. ¿Está usted hospedada en este distrito?

—No —contestó mistress Oliver—. Pasaba por esta calle casualmente. Fui a ver a una antigua amiga y ahora me pregunto si... —Consultó su reloj—. ¿Estará en estos momentos tu madre en casa, Marlene? En caso afirmativo, me acercaría a verla. Me gustaría charlar unos minutos con ella antes de irme.

—Vaya a verla, sí —repuso Marlene—. Le dará una alegría. Siento no poder acompañarla... Aquí no se vería bien que abandonase el trabajo a esta hora.

—No te preocupes. Otra vez será. ¡Ah! No acierto a recordar el número de vuestra casa... ¿Era el 17? ¿O llevaba un nombre?

—Lo último. La bautizamos con el nombre de Laurel Cottage.

—¡Oh, sí! Por supuesto. ¡Qué estúpida soy! Bueno, encantada de verte.

Mistress Oliver compró un lápiz de labios que no necesitaba, y lo guardó en el bolso. Ya al volante de su coche, se deslizó por la calle principal de Chipping Bartram. Dejó atrás un garaje y un hospital. Luego, enfiló un camino estrecho. A un lado y otro de la carretera se veía una serie de pequeñas casas de agradable aspecto.

Paró el coche frente al Laurel Cottage. Se apeó y llamó a la puerta de la vivienda. Una mujer delgada, dotada de un rostro enérgico, con los cabellos canosos, de unos cincuenta años de edad, aproximadamente, le abrió. La reconoció en el acto.

—¡Pero si es mistress Oliver! ¡Llevamos muchos, muchos años sin vernos!, ¿eh?

—Sí, ha pasado mucho tiempo.

—Entre, entre, por favor. ¿Le apetece una taza de buen té?

—Se lo agradezco, pero es que acabo de tomarlo en casa de una amiga. Además, tengo que regresar a Londres cuanto antes. Es que entré en una tienda para comprar unas cosas y vi a Marlene...

—Sí. Marlene ha encontrado una buena colocación. La estiman mucho sus jefes. Dicen que es una joven de mucha iniciativa.

—¡Magnífico! La chica acabará por abrirse paso. ¿Y cómo se encuentra usted, mistress Buckle? Tiene usted muy buen aspecto. No han pasado los años para usted, por lo que veo.

—No diga usted eso, mistress Oliver. Mis cabellos tiran a blancos y he perdido bastantes kilos.

—Llevo un día... En muy pocas horas he tropezado con unas cuantas personas que conocí hace años. Antiguas amistades...

—La dueña de la casa había hecho entrar a mistress Oliver en una habitación que, evidentemente, hacía las veces de cuarto de estar, la cual se hallaba recargada de muebles—. No sé si usted se acordará de mistress Carstairs, Julia Carstairs...

—Claro que me acuerdo de ella, ¡no faltaba más!

—Estuvimos hablando de los viejos tiempos. Recordamos cierta tragedia, un triste suceso de hace bastantes años ya. Yo me hallaba en Estados Unidos por entonces, así que no conocía tantos detalles sobre el hecho como ella... Ravenscroft era el apellido familiar de los protagonistas.

—¡Oh! Me acuerdo de eso muy bien.

—Tengo entendido que usted trabajó para ellos. ¿Es cierto, mistress Buckle?

—Sí. Iba por la casa tres veces por semana, dedicándoles las mañanas. Eran unas personas muy agradables. Un caballero y una señora en toda la extensión de estas palabras. Gente de la vieja escuela.

—Fue una desgracia terrible...

—En efecto.

—¿Estaba usted en la casa en la época del suceso?

—No. Había dejado de ir por allí. Mi tía Emma se vino a vivir conmigo. Estaba medio ciega y no se encontraba, en general, bien de salud. Yo no tenía tiempo ya para dedicárselo a los demás. Dejé a esa familia un mes o dos antes de la tragedia.

—Fue algo horroroso, verdaderamente —declaró mistress Oliver—. Tengo entendido que se pensó en un doble suicidio.

—No creo en tal suicidio —manifestó mistress Buckle—. Nada de eso. Tal suposición no se acomodaba a la manera de ser de aquellas personas. Además, vivían muy bien. Hacía poco tiempo que ocupaban la casa que yo conocí...

—Cierto. A su vuelta a Inglaterra se quedaron en un lugar que está cerca de Bournemouth. ¿Es así o no?

—Sí. Pero se dieron cuenta de que resultaba demasiado alejado de Londres, por cuya razón establecieron su residencia en Chipping Bartram. La nueva casa era preciosa y contaba con un bonito jardín.

—¿Gozaban de buena salud el general y lady Ravenscroft?

—Bueno... A él le pesaban ya los años. El general había tenido algo de corazón, un ligero ataque, según creo. Los dos se medicaban y hacían reposo metódicamente.

—¿Qué recuerda usted de lady Ravenscroft?

—Al parecer, echaba de menos la vida que había llevado en el extranjero. No llevaban una vida social intensa, si bien conocían a unas cuantas familias de su esfera. Pero, claro, su existencia allí no sería como la que habían conocido en Malasia y otros sitios. Lejos de Inglaterra, siempre habían tenido muchos servidores. Y supongo que estarían muy habituados a las frecuentes reuniones con sus amigos.

—¿Usted cree que ella las echaba de menos?

—Pues no puedo asegurárselo...

—No sé quién me dijo que ella usaba peluca.

—Tenía varias —declaró mistress Buckle, sonriendo levemente—. Eran de las buenas, de las caras. De vez en cuando, lady Ravenscroft las enviaba a Londres, al establecimiento en que las comprara, con objeto de que cambiaran los peinados, tras lo cual se las devolvían. Eran muy bonitas. Había una de cabellos casi blancos, otra con rizos grises. Ésta le caía muy bien, realmente. Las otras dos, menos finas, las destinaba a los días de viento o de lluvia, cuando deseaba ponerse un sombrero. Lady Ravenscroft cuidaba su aspecto personal y gastaba mucho dinero en vestidos.

—¿Cuál cree usted que fue la causa de la tragedia? —preguntó mistress Oliver—. Por el hecho de encontrarme yo en Estados Unidos cuando tuvo lugar, no estuve al tanto de los rumores que circularon por aquí... Por otro lado, no era oportuno abordar el tema en mis cartas, formulando preguntas y solicitando comentarios. Naturalmente, pienso que tuvo que existir un motivo. Tengo entendido que el arma del crimen (o lo que fuera) pertenecía al general Ravenscroft.

—Sí. El general tenía en la casa dos revólveres. Decía que así se sentía más seguro. Tal vez tuviera razón al afirmar que un arma de fuego suele ser la salvaguardia de un hogar. No es que les hubiese pasado algo desagradable con anterioridad allí, que yo sepa. Recuerdo que una tarde se plantó ante la puerta de la casa un individuo... No me gustó nada su aspecto. Quería ver al general. Explicó que de joven había servido en el regimiento del general. El general le hizo unas cuantas preguntas. Me parece que a él tampoco le agradó el visitante. Se deshizo pronto del hombre...

—¿Cree usted en la posibilidad de que mediara en el asunto alguna persona ajena a la familia?

—Tiene que haber sido así, ya que no doy con ninguna otra explicación. He de decirle que jamás me infundió confianza el hombre que acudía a la casa para arreglar el jardín. Tenía mala reputación y me parece que había estado en prisión varias veces a lo largo de su vida. El general, desde luego, se hallaba al tanto de sus andanzas, pero quería darle una oportunidad para ver si se regeneraba.

—Entonces, ¿cree usted que el jardinero pudo haber asesinado al matrimonio?

—Pues... La verdad, yo siempre pensé eso. Pero es posible que esté equivocada. Se habló de una historia escandalosa relativa a él o a ella, llegándose a asegurar que el general mató a su esposa. Hubo quien afirmó que había sido todo al revés, es decir, que ésta había dado muerte a su marido. Yo digo que tuvo que haber alguien ajeno a la familia, que los asesinó. Sería una de esas personas que... Bueno, las cosas no andaban mal entonces, tan mal como ahora. No se había iniciado todavía la ola de violencia de nuestros días...

»Fíjese en lo que venimos leyendo a diario en los periódicos. Los jóvenes, en ocasiones casi niños, toman drogas. Cuando están excitados arremeten contra todo, disparan sus armas por cualquier causa si las tienen. Se llevan a lo mejor a una chica a un bar, la invitan a beber y veinticuatro horas después aparece su cadáver en una zanja o en la cuneta de cualquier carretera. Secuestran a un niño, van a una sala de fiestas en compañía de una amiga y la estrangulan al regreso, camino de su casa. Ahora parece como si todo el mundo pudiese hacer lo que se le antoje. Ahí tiene usted el caso del matrimonio Ravenscroft... El general y su esposa salieron a dar un paseo, como lo habían hecho en tantas ocasiones. Horas después fueron hallados sus cadáveres, con sendos balazos en la cabeza.

—¿Les dispararon en la cabeza?

—Bien. No lo recuerdo con exactitud y yo no llegué a ver nada personalmente.

—¿Se llevaba bien el matrimonio?

—Sostenían alguna discusión que otra, pero, ¿en qué matrimonio no se da alguna diferencia?

—¿Cabe pensar en la existencia de algún amante por parte de él o de ella?

—Se habló de esa posibilidad. ¡Bah! ¡Tonterías! No hubo nada en ese sentido. La gente se inclina siempre a pensar en cosas como ésa para explicarse ciertos misterios.

—Quizás estuviese enfermo de cierta gravedad uno de los dos...

—Lady Ravenscroft, ciertamente, había estado en la consulta de un doctor londinense. Creo que planeaba ingresar en un hospital para someterse a una intervención quirúrgica. Nunca me llegó a concretar sobre el particular. Luego, debió estar en el establecimiento sanitario muy poco tiempo. Creo que no hubo tal intervención. A su regreso, parecía mucho más joven. Le sentaban mejor que nunca sus pelucas. Tuve la impresión entonces de que se iniciaba un nuevo período de su existencia.

—Hábleme del general.

—Era un gran caballero y yo no oí jamás ninguna historia escandalosa referente a su persona. Cuando se da una de estas tragedias la gente hace todo género de comentarios. Puede ser que hallándose en Malasia, el general recibiese un fuerte golpe en la cabeza. No es ninguna tontería lo que acabo de señalar. En Malasia precisamente estuvo un tío mío que sufrió una caída cuando montaba a caballo. Por lo visto, dio contra un cañón... Mi tío dio bastante que hablar en lo sucesivo. Pasó seis meses tranquilo y por fin hubo que internarle en un manicomio debido a que se le había metido en la cabeza la idea de acabar con su esposa. Aseguraba que su mujer le perseguía y que trabajaba como espía a sueldo de otra nación. ¡Oh! ¡La de cosas que llegan a suceder en el seno de la familia!

—En consecuencia, usted no cree que el general y su esposa se hubiesen disgustado, hasta el punto de matar uno al otro y suicidarse a continuación...

—No, no creo en esa historia...

—¿Estaban sus hijos en casa en aquellas fechas?

—No. La señorita... ¿Se llamaba Rosie? ¿Era Penélope? No me acuerdo en estos momentos...

—Celia —aclaró mistress Oliver—. Es mi ahijada.

—¡Claro! Ya caigo... Recuerdo haberla visto a usted ir en su busca. Era una niña de genio muy vivo, un tanto malcriada, pero muy amante de sus padres, a mi entender. Miss Celia estaba en un colegio de Suiza cuando pasó aquello. Menos mal. La criatura habría vivido una experiencia terrible y directa de haberse hallado en Inglaterra.

—¿Y el chico?

—¿Su hermano Edward? El padre andaba bastante preocupado con él. No se llevaban muy bien.

—En sus relaciones con el padre, es frecuente que los chicos pasen por esa fase.

—¿Era muy apegado a la madre?

—Verá usted... La madre estaba demasiado pendiente de él, cosa que el muchacho encontraba molesta. A ningún chico le agrada que la madre esté con exceso dedicada a él, reparando en detalles de su atuendo, por ejemplo, diciéndole a cada paso qué chaleco debe ponerse, recomendándole que se abrigue... Al padre le disgustaba su forma de llevar los cabellos. No era que entonces los muchachos los llevaran como ahora, tan largos, pero se apuntaba ya la moda actual. ¿Entiende usted lo que quiero decir?

—Pero en la época de la tragedia el chico no se encontraba en la casa, ¿verdad?

—No.

—Supongo que aquello sería un golpe terrible para él.

—Indudablemente. Claro, yo, por aquellas fechas, no iba ya por la casa, de manera que no tuve ocasión de escuchar muchos comentarios. Si quiere que le sea sincera, a mí no me gustaba nada el jardinero. ¿Cómo se llamaba? Fred, creo... Fred Wizell. Sí. Un nombre así. Me parece que incurrió en alguna que otra irregularidad y que el general se proponía despedirle. A mí no me inspiró nunca confianza aquel hombre.

—¿Cree usted que pudo asesinar al matrimonio?

—Es posible que en un arrebato de furia el jardinero hiciera fuego sobre el general. Luego, habiendo acudido al ruido del disparo la esposa, quizá la matara. Se leen cosas así en los libros.

—Sí —contestó mistress Oliver, pensativa—. En los libros se encuentra una con cosas así y otras por el estilo.

—También habría que hablar del profesor del chico. A mí no me fue nunca simpático.

—¿A qué profesor se refiere usted?

—Verá... Anteriormente, hubo un profesor en la casa. El muchacho tropezaba con algunas dificultades en los estudios, sus padres decidieron ayudarle, y lo contrataron. Este hombre fue por la casa durante un año, aproximadamente. Lady Ravenscroft lo apreciaba mucho. Ella era aficionada a la música. El profesor, también. Creo que se llamaba Edmunds. Míster Edmunds era un hombre de maneras muy corteses. Me parece que al general Ravenscroft aquel joven no le hacía mucha gracia.

—Pero lady Ravenscroft no pensaba igual...

—¡Oh! Tenían muchas cosas en común. Creo que fue ella quien contrató sus servicios. Ya lo he dicho: míster Edmunds tenía unos modales muy finos, se dirigía a todos con mucha educación.

—¿Y qué opinaba el chico de su profesor?

—Me inclino a pensar que tenía un buen concepto de él. Míster Edmunds era más bien blando con el muchacho. Bueno, no hay que dar crédito a las murmuraciones referentes a unos supuestos escándalos familiares. No existieron motivos para pensar en un idilio de la dueña de la casa con el profesor. Y lo del general Ravenscroft con su secretaria me sonó siempre a cosa falsa. No hubo nada de eso... El asesino fue, seguramente, alguien ajeno a la casa. La policía, sin embargo, no pudo señalar nunca a nadie como sospechoso... Fue visto un coche por las inmediaciones del lugar del suceso, pero esta pista no condujo a ninguna parte. A mí me parece que los agentes hubieran debido centrar su atención en las personas que el matrimonio conoció años atrás, en Malasia, o en otros sitios, e incluso en aquellas que trataron al principio de su estancia en Inglaterra, en Bournemouth. Nunca se sabe.

—¿Qué pensó su esposo ante aquella tragedia? —inquirió mistress Oliver—. Seguramente, él no sabría cosas como usted sobre el matrimonio Ravenscroft. No obstante, pudo haber oído algunos comentarios significativos.

—Oyó decir muchas cosas, desde luego, para todos los gustos. En el bar, por ejemplo... Hubo quien dijo que ella bebía y que de su casa salían cajas enteras de botellas vacías. Falso, falso, como yo bien sé. Hablóse también de un sobrino que periódicamente les visitaba. Por lo visto, el joven tuvo que ver algo con la policía, pero su asunto no se hallaba relacionado con el drama de que habían sido protagonistas y víctimas sus tíos. Bueno, creo que esto no coincidió con la fecha del suceso.

—Veamos: ¿no había en la casa más personas que el general y lady Ravenscroft?

—Ella tenía una hermana que iba por allí de vez en cuando. Una hermanastra, me parece que era. Se parecía a lady Ravenscroft. Siempre surgía algo imprevisto cuando se presentaba ella en la casa. El matrimonio discutía, no sé por qué... La hermanastra era de esas personas que promueven conflictos dondequiera que estén. Sabía decir las cosas más adecuadas para irritar a la gente.

—¿Estaba lady Ravenscroft encariñada con ella?

—Ya que me hace usted esa pregunta, yo diría que no. Al general le agradaba aquella visitante porque jugaba muy bien a las cartas. Los dos jugaban también al ajedrez, pasando muy buenos ratos. Ella era una mujer muy divertida, en cierto modo. Jerryboy... Éste era su apellido, sí. Mistress Jerryboy era viuda, me parece. A veces pedía dinero al matrimonio, en calidad de préstamo.

—¿Qué tal le cayó a usted esa mujer?

—Si quiere que le sea sincera, le confesaré que no me gustaba nada. Me era profundamente antipática. La juzgaba una de esas mujeres que no dejan a nadie en paz, que siembran problemas a su paso. Cuando sucedió la tragedia llevaba ya bastante tiempo sin ir por la casa. No recuerdo muy bien su rostro... Tenía un hijo del que se hizo acompañar en dos o tres ocasiones. Tampoco me fue simpático. Se las daba de ingenioso, de listo.

—Es lógico que no se llegue a saber nunca la verdad de lo ocurrido —comentó mistress Oliver—. Y menos ahora, después de haber transcurrido tantos años... El otro día vi a mi ahijada.

—¿Sí? Me alegra tener noticias de miss Celia. ¿Qué tal está? ¿Se encuentra bien?

—Sí. Ahora proyecta casarse, me parece. El caso es que tiene novio formal.

—¿De verdad? —preguntó mistress Buckle—. ¡Estupendo! Llega un momento en que la mujer, como el hombre, ya se sabe... No es que tengan que casarse con la primera persona que conozcan, pero... Es preciso obrar con toda cautela.

—¿Conoce usted a una señora que se apellida Burton-Cox? —inquirió de pronto mistress Oliver.

—¿Burton-Cox? Me suena... No, creo que no la conozco. ¿Vivió aquí? ¿Estuvo en casa de los Ravenscroft? No es que recuerde algo... Sin embargo... ¿No es ése el apellido de un viejo amigo del general Ravenscroft, de un hombre que conoció en Malasia? No, no sé nada en relación con él...

La mujer movió la cabeza.

—Bueno —dijo mistress Oliver—, yo creo que ya está bien de charla, ¿no? No debo entretenerla más, mistress Buckle. Me alegro mucho de haberla visto a usted y a su hija Marlene.

Capítulo IX

RESULTADOS DE UNA INVESTIGACIÓN
ELEFANTINA

—Una llamada telefónica para usted —dijo George, el criado de Hércules Poirot—. De mistress Oliver.

—Muy bien, George. ¿Y qué es lo que mistress Oliver le ha dicho?

—Ha preguntado si tenía inconveniente en que viniese a verle esta noche, después de cenar.

—¡Magnífico! —contestó Poirot—. Estupendo. He tenido un día muy movido. Esto de enfrentarme con mistress Oliver representará una experiencia estimulante. Es una mujer de conversación interesante. Además de ella cabe esperar siempre las cosas más sorprendentes. A propósito, ¿aludió para algo a unos elefantes?

—¿A unos elefantes? Pues no, señor. Creo que no.

—Eso quiere decir, seguramente, que los elefantes la han decepcionado.

George miró a su señor un tanto perplejo. Había momentos en que no acertaba a comprender del todo el significado de los comentarios de Poirot.

—Llámela —dijo aquél—. Y dígale que me encantará recibirla.

George se apresuró a cumplimentar las instrucciones de su señor, volviendo para notificarle que mistress Oliver se presentaría en la casa a las nueve menos cuarto.

—Prepare un poco de café —dijo ahora Poirot a su servidor—. Y unos cuantos *petit-fours*. Me parece recordar que últimamente compré un paquete de ellos en Fortnum and Mason.

—¿Algún licor, señor?

—No. Seguramente no va a hacer falta. Yo tomaré *sirop de cassis*.

—Muy bien, señor.

Mistress Oliver se presentó en la casa a la hora anunciada, puntual como siempre. Poirot la saludó, muy afable.

—¿Cómo está usted, *chère madame*?

—Agotada —contestó mistress Oliver.

Se dejó caer en el sillón que Poirot le había señalado.

—Completamente agotada —remachó ella.

—¡Ah! *Qui va à la chasse...* Pues mire, ahora no recuerdo el dicho.

—Yo sí —dijo mistress Oliver—. Lo aprendí siendo una niña. «*Qui va à la chasse perd sa place.*»

—Estoy seguro de que eso no es aplicable a la caza en que ha estado usted empeñada. Me refiero a la persecución de elefantes que emprendió. A menos que sólo se tratara de una simple figura discursiva.

—En absoluto —contestó mistress Oliver—. He estado persiguiendo elefantes sin desmayo. He estado yendo de acá para allá, por todas partes. He gastado muchos litros de gasolina, he tomado algunos trenes, he escrito muchas cartas, he cursado numerosos telegramas... No puede usted imaginarse lo cansado que es todo esto.

—Pues ahora descanse un poco. ¿Le apetece una taza de café?

—Un café solo, fuerte... Sí, desde luego. Es precisamente lo que necesito.

—¿Puedo preguntarle si ha dado con algo positivo?

—He dado con muchas cosas. Lo malo es que no sé si van a ser de alguna utilidad.

—No obstante, usted ha tropezado con algunos hechos, ¿no? —inquirió Poirot.

—No. En realidad, no. Me he enterado de cosas que determinadas personas consideran hechos. Ahora bien, yo he puesto en duda sus afirmaciones.

—¿Se trataba de simples rumores?

—No. Se trataba de recuerdos. Hay mucha gente que goza de buena memoria. Hasta cierto punto, claro. Porque a la hora de puntualizar, generalmente, esa gente altera sus recuerdos o los confunde.

—Bueno, pero pese a todo usted ha obtenido unos resultados, ¿no es así?

—¿Y usted qué ha hecho, Poirot? —preguntó mistress Oliver.

—Usted siempre tan severa, madame. No en balde me pidió que corriera de un lado para otro, que hiciera también algunas cosas —manifestó Poirot, sonriente.

—¿Y bien? ¿Llegó usted a correr mucho de un lado para otro?

—No. Pero en cambio he consultado el caso con algunos hombres de mi misma profesión.

—Por lo visto, su trabajo ha sido más tranquilo que el mío

—declaró mistress Oliver—. ¡Oh! Este café es muy bueno. Y fuerte, realmente. No tiene usted idea de lo fatigada que me siento. Y confusa.

—Vamos, vamos. No me tenga usted ya más tiempo en vilo, mistress Oliver. Usted ha descubierto algo.

—Me he hecho de un puñado de sugerencias e historias. No sé, sin embargo, qué habrá de cierto en ellas.

—Puede que no sean ciertas. A pesar de ello, podrían resultar útiles.

—Sé lo que usted quiere decir —dijo mistress Oliver— y comparto su opinión. Es lo que pensé desde un principio. Ahora, muy a menudo, cuando la gente recuerda algo y lo cuenta no siempre habla de lo que ocurrió sino de lo que ella cree que ocurrió.

—Pero quien habla tiene que basarse en algo —afirmó Poirot.

—He traído una lista —declaró mistress Oliver—. No es necesario que entre en detalles, contándole a dónde fui, qué dije y por qué… Mis pasos fueron planeados. He hablado con personas que sabían algo acerca de los Ravenscroft, si bien algunas no los conocieron a fondo.

—¿Posee usted informaciones procedentes de sus estancias en el extranjero?

—Hay muchas de ellas de este tipo. Hay otras personas que los conocieron aquí ligera, aunque directamente. Hay gente con parientes o amigos que tuvieron relación con ellos hace mucho tiempo.

—Y todas esas personas han podido contarle alguna historia, se han referido a la tragedia o a la gente implicada en ella, ¿no es así?

—Mi idea ha consistido en recoger sus declaraciones, de las cuales pienso darle cuenta en líneas generales. ¿Le parece bien?

—Sí. Tome un *petit-four*.

—Gracias —dijo mistress Oliver.

Llevóse a la boca un *petit four* y lo masticó con gran energía.

—Siempre he dicho que estas cosas tan dulces le dan a una mucha vitalidad. Bien. Vamos con mis sugerencias. He aquí lo que me han contado, siempre de buenas a primeras: «¡Oh, sí, por supuesto!», «¡Qué historia tan triste! ¡Qué tragedia tan horrible», «Naturalmente, yo creo que todo el mundo sabe qué es lo que sucedió allí»… Hay muchas otras frases por el estilo.

—Ya.

—Las personas entrevistadas *creían* estar al tanto de lo ocurrido. Pero carecían de buenas razones, de razones válidas que respaldaran su afirmación. Siempre se referían a algo que otro les había dicho, o algo que habían oído decir a unos criados o amigos... Hay sugerencias para todos los gustos. Hubo quien me dijo que el general Ravenscroft al escribir sus memorias, relativas principalmente a sus días vividos en Malasia, se procuró la ayuda de una joven que actuó como su secretaria, tomando sus notas en taquigrafía, tras lo cual las mecanografiaba. La chica era de buen ver y en aquella relación hubo algo especial... Resultado de esto fue... Bueno, aquí las opiniones seguían diferentes versiones. Hay quien piensa que el general mató a su esposa porque pretendía casarse con la joven. Inmediatamente, horrorizado ante su crimen, el hombre se suicidó.

—Una explicación de tipo romántico del drama —comentó Poirot.

—Otra idea se basa en la presencia de un profesor del hijo. El chico había estado enfermo, llevando en sus estudios un retraso de seis meses... Los padres decidieron buscar a alguien que le ayudase a recuperar el tiempo perdido. Ese profesor era joven y de gran atractivo.

—¡Ah, sí! Y la esposa del general se enamoró del joven. Entonces, quizá tuvo relaciones con él...

—Tal era la idea —corroboró mistress Oliver—. No existían pruebas sobre el particular. Todo se limitaba a una sugerencia también de tipo romántico.

—¿Por consiguiente?

—Por consiguiente, creo que esa gente compartía la idea de que el general disparó sobre su esposa, volviendo luego el arma contra sí mismo, presa de insoportables remordimientos.

»Otros sostenían que el general había tenido relaciones íntimas con una mujer. Enterada la esposa de su aventura, disparó el revólver contra él, suicidándose a continuación.

»Me he encontrado con muchas variaciones sobre el mismo tema. Pero nadie podía afirmar rotundamente nada. Me refiero a que siempre he oído historias *probables*. Nadie ha concretado. Nadie ha aportado pruebas. Me he encontrado tan sólo ante habladurías de hace doce o trece años, medio olvidadas. Las personas con quienes he charlado han recordado nombres, eso sí, incurriendo en errores moderados. Se ha aludido a un jardinero iracundo, a una cocinera ya entrada en años, algo ciega y bastante sorda... ¿Por qué, si nadie sabe a ciencia cierta qué tuvieron que ver con el crimen? Y así sucesivamente.

»He tomado nota de los nombres y las posibilidades. Algunos

de aquéllos no vienen a cuento y otros sí. Todo se presenta sumamente difícil... tengo entendido que Lady Ravenscroft estuvo enferma durante algún tiempo, víctima de unas fiebres. Debió perder buena parte de sus cabellos, ya que adquirió cuatro pelucas.
Entre sus efectos personales fueron encontradas cuatro pelucas
nuevas, por lo menos.

—Sí. Estoy informado sobre el particular —declaró Poirot.

—¿Quién le habló de eso?

—Un policía amigo mío. Evocó las circunstancias y detalles
de la investigación, aludiendo a las cosas vistas en la casa. ¡Cuatro pelucas! Me interesa conocer su opinión sobre este detalle,
madame. ¿No cree usted que son demasiadas pelucas para una
sola dama?

—Sí, desde luego —dijo mistress Oliver—. Tenía yo una tía
que poseía dos y la segunda se la compró para no quedarse sin
ninguna cuando le arreglaban la primera. Nunca supe de nadie
que tuviera cuatro.

Mistress Oliver sacó de su bolso una pequeña libreta, que se
puso a hojear.

—Mistress Carstairs —dijo— cuenta ya setenta y siete años y
no anda muy bien de la cabeza. Cito sus palabras «Me acuerdo
muy bien de los Ravenscroft. Formaban una magnífica pareja.
Una tragedia la suya. Sí. Un cáncer...» Le pregunté quién de los
dos sufría esta terrible enfermedad y entonces mistress Carstairs
me contestó que no estaba segura. Según ella, la esposa había venido a Londres para consultar con un médico. Sufrió una operación y regresó a su hogar sumamente abatida. El marido estaba
muy inquieto por su causa. Al final, decidió matarla de un tiro y
suicidarse a continuación.

—¿Era eso una hipótesis suya o hablaba de hechos reales y
conocidos?

—Yo creo que se trataba de una hipótesis más. Por lo que he
advertido en el curso de mis investigaciones —declaró mistress
Oliver—, cuando alguien ha oído hablar de enfermedades repen-
tinas y de consultas con doctores ha pensado siempre en el cáncer. Otra de las personas con quienes hablé, cuyo nombre empieza con T (no consigo leer las restantes letras), me dijo que el
enfermo de cáncer era él. Mostrábase muy preocupado, al igual
que su esposa. Entonces fue cuando, de común acuerdo, decidieron suicidarse.

—Muy triste y romántico —comentó Poirot.

—Sí. Y yo no creo una palabra de eso —repuso mistress Oliver—. Es desesperante. La gente alardea de tener buena memoria y luego resulta que la mayor parte de las cosas que recuerdan son en la realidad puras invenciones.

—Todos arrancan de algo conocido —manifestó Poirot—. Es decir, están al tanto de que alguien ha llegado a Londres para consultar con un doctor, o que alguien ha estado en un hospital por espacio de dos o tres meses... Se trata de un hecho conocido.

—Sí. Y cuando se tercia hablar de aquello, mucho tiempo después, aportan una solución al enigma que se han inventado. La verdad es que de poco puede servirnos eso en nuestras indagaciones.

—Yo opino, en cambio, que resulta válido. Tiene usted mucha razón en lo que me ha dicho...

—¿Acerca de los elefantes? —inquirió mistress Oliver, dudosa.

—Sí —contestó Poirot—. Resulta importante conocer ciertos hechos que han perdurado en la memoria de algunas personas, aunque éstas no sepan su naturaleza exacta, su causa, sus antecedentes. Cabe siempre la posibilidad de que esas mentes alberguen algo que nosotros ignoramos, que no podemos llegar a saber. Fíjese en que han surgido recuerdos que han conducido a determinadas hipótesis: hipótesis de infidelidad, de enfermedad, de pactos, de suicidio, de celos... Son todas las ideas que han venido sugiriéndole los que hablaron con usted. Con las investigaciones posteriores llegaremos a descubrir qué posibilidades tiene cada una de aquéllas de ser la verdadera.

—A la gente le gusta hablar del pasado —declaró mistress Oliver—. A todo el mundo le agrada referirse al pretérito, más que ocuparse de lo que está ocurriendo en estos momentos o de lo que ocurrió el año pasado. Unos recuerdos arrastran a otros. Empiezan por referirse a personas de las cuales no quiere una saber nada, para ocuparse a continuación de lo que sabían ellas de otras... Así cualquiera acaba por perderse en un verdadero laberinto de amistades y parientes. Creo que he estado perdiendo tiempo.

—No debe usted pensar eso —recomendó Poirot—. Estoy convencido de que en esa bonita libreta de pasta de color púrpura acabará por encontrar algo que esté relacionado de una manera interesante con la tragedia. Puedo decirle, basándome en los estudios realizados de las versiones oficiales de las dos muertes, que éstas han constituido un misterio. Es decir, desde el punto de vista de la policía. Tratábase de una pareja que se llevaba bien; no circularon graves habladurías referentes a cuestiones de tipo sexual; no hubo una enfermedad grave que pudiera llevar al matrimonio al suicidio. Me refiero ahora solamente, entiéndalo bien, a la época inmediatamente anterior a la tragedia. ¡Ah! Pero es que hubo otra antes, más lejana.

—Le entiendo —replicó mistress Oliver—. Y he conseguido algo en ese aspecto gracias a la vieja Nanny. La vieja Nanny cuenta en la actualidad no diré cien años, pero sí ochenta, por lo menos. Yo la recordaba de los días de mi niñez. Me contaba relatos referentes a los miembros de los servicios oficiales en el extranjero, en la India, en Egipto, en Siam y Hong Kong...

—¿Dijo algo que atrajo su atención?

—Sí. Me habló de cierto drama. Con algunas vacilaciones, desde luego. No estoy segura de que tenga que ver con los Ravenscroft... Es posible que se refiera a otra gente. La anciana no recordaba determinados apellidos y detalles. En una de las dos familias había una enferma mental. No sé de quién de los dos era cuñada. Había estado en un manicomio durante años. Me parece que había matado o intentado matar a sus hijos mucho tiempo atrás. Una vez curada, según se supone, se trasladó a Egipto, Malasia o donde fuera. Se instaló con ellos... Y después parece ser que hubo una nueva tragedia relacionada con un niño. Fue algo que se procuró silenciar. El caso es que esta historia me hizo calibrar la posibilidad de la existencia de enfermos mentales en la familia del general Ravenscroft o en la de lady Ravenscroft. No hay por qué pensar necesariamente en un parentesco muy próximo. Pudo existir un primo o prima. Bueno, la verdad es que el hecho me sugirió un camino inédito para mis investigaciones.

—Sí... Está bien. Siempre hay agazapado algo, que espera muchos años a veces para salir al exterior, que se hace presente teniendo sus raíces en el pasado. Es lo que alguien me dijo: *Los viejos pecados tienen largas sombras.*

—Es posible que el suceso fuese una fantasía, o que la anciana Nanny Matcham lo recordara mal, o que se hubiese producido entre otra gente, pero tal vez se ajustara a lo que aquella desagradable mujer de la comida literaria me dijera.

—¿Se refiere usted con todo esto a lo que ella quería saber...?

—Exactamente. Pretendía saber gracias a la hija, mi ahijada, si fue la madre quien mató al padre o fue el padre quien dio muerte a aquélla.

—¿Creía que la muchacha podía estar informada sobre el particular?

—Es lógico suponer que la chica estaba informada. Bueno, no

al producirse el drama (ya que entonces se le ocultó todo), sino más adelante, ella habría tenido ocasión de considerar una serie de circunstancias y datos que podían haberla llevado a descubrir quién mató a quién, aunque lo más probable es que jamás aludiera a ello, ni hablara con nadie acerca de este asunto.

—Y dice usted que esa mujer… esta señora…

—Sí. Ya no me acuerdo de su apellido. Mistress Burton y no sé qué más. Un nombre así. Habló de su hijo y de la chica y de que querían casarse. Nada más natural en este caso que una madre desee saber si en la familia de la muchacha hay antecedentes criminales por parte del padre o la madre, o enfermos mentales. Ella pensó, seguramente, que de haber sido la madre quien matara al padre su hijo arriesgaba mucho en aquel matrimonio. La cosa cambiaba mucho para ella de haber sido el padre el agresor, probablemente.

—Usted quiere decir que ella habrá pensado en una transmisión hereditaria por la línea femenina…

—Bueno, a mí esa mujer me dio la impresión de no ser muy inteligente —repuso mistress Oliver—. La vi, antes que nada, dominante. Ella cree saber mucho, pero yo no soy de su opinión. Me parece que usted pensaría lo mismo que yo, de ser mujer.

—Un interesante punto de vista, lleno de posibilidades —manifestó Poirot, suspirando—. Todavía nos quedan muchas cosas por hacer.

—Tengo que exponer otra perspectiva. Es lo mismo, pero más de segunda mano, si usted entiende lo que quiero decir. Viene alguien y dice: «¿Los Ravenscroft? ¿No se trata del matrimonio que adoptó a un chico? Recuerdo que luego apareció la madre de la criatura, reclamando a su hijo, por cuyo motivo tuvo que mediar en el asunto la justicia. El juez concedió al matrimonio la custodia del niño y después la madre intentó recuperarlo por la fuerza, raptándolo».

—De su informe se deducen puntos mucho más simples —dijo Poirot—, que son los que prefiero.

—¿Por ejemplo?

—La cuestión de las pelucas. Cuatro pelucas.

—Pensé en seguida que eso iba a interesarle, pero no sé por qué. Al parecer, la cosa no tiene ningún significado. La otra historia se refería a una persona mentalmente deficiente. Hay seres de este tipo, recluidos en manicomios e incluso en casas particulares por el hecho de haber dado muerte a sus hijos o a cualquier otro niño, sin ningún motivo, en acciones carentes de sentido. No me explico por qué eso iba a llevar al general y a lady Ravenscroft al suicidio.

—A menos que uno de ellos estuviese implicado en el hecho —contestó Poirot.

—¿Supone usted que el general Ravenscroft pudo haber matado a alguien, a un chico, a un hijo ilegítimo, quizá, suyo o de su esposa? No. Creo que ahora nos mostramos excesivamente melodramáticos. Claro, hablo calibrando también la posibilidad de que fuera ella la causante de la muerte del hijo propio o de su esposo...

—Y sin embargo —señaló Poirot—, muy frecuentemente, la gente es lo que parece ser.

—Explíquese.

—Ellos parecían estar mutuamente encariñados, formando una pareja que vivía feliz, que no discutía. No hubo, por lo visto, ningún caso clínico, ninguna historia referente a una enfermedad, más allá de la sugerencia de una intervención quirúrgica, de una posibilidad de dolencia grave, cáncer, por ejemplo, algo de este tipo, un futuro con el que ellos no se atrevieran a enfrentarse. No conseguimos rebasar lo *posible*, no alcanzamos lo *probable*. ¿Hubo alguien muy significativo, aparte del matrimonio, en la casa, en la época en que se cometió el doble crimen? La policía, esto es, mis amigos, los que estuvieron al tanto de las investigaciones realizadas, declaró que nada de lo dicho era realmente compatible con los hechos. Por una razón u otra, aquellas dos personas no quisieron continuar viviendo. ¿Por qué?

—Durante la guerra, la segunda guerra mundial, se entiende —declaró mistress Oliver—, conocí a una pareja muy particular. Sabían que los alemanes iban a desembarcar en Inglaterra y habían decidido suicidarse si llegaba a ocurrir tal catástrofe. Yo les contesté que lo suyo era una estupidez. Ellos alegaban que en adelante resultaría imposible vivir aquí. Aquello continúa pareciéndome una idiotez. Hay que hacer acopio de valor para superar las grandes dificultades. La muerte de alguien en semejantes situaciones no va a hacer bien a nadie. Ahora me pregunto...

—¿Qué es lo que se pregunta usted?

—Se me ha ocurrido de pronto: ¿causó algún bien a alguien la muerte del general y de lady Ravenscroft?

—Usted quiere saber si hubo alguien que heredara dinero de ellos, ¿no?

—Bien. No pensaba en una cosa tan clara. Quizás hubiese alguien que al morir ellos se enfrentaba con la posibilidad de vivir mejor. Tal vez hubiera en la vida del matrimonio algo que no les interesaba que supiesen sus hijos…

Poirot suspiró.

—Lo malo de usted, madame, es que piensa demasiado a menudo en cosas que pudieron haber ocurrido, que pudieron haber sido. Usted me da ideas. Ideas posibles. ¡Ah, si fuesen ideas probables también! ¿Por qué? ¿Por qué era necesaria la muerte de aquellas dos personas? No sufrían de nada, no padecían enfermedades, no se sentían desgraciadas, por lo que hemos visto. Entonces, ¿por qué, en la tarde de un hermoso día, salieron a dar un paseo por cierto paraje, llevándose consigo al perro..?

—¿Qué tiene que ver el perro con eso? —inquirió mistress Oliver.

—He hecho una suposición. ¿Se llevaron el perro o bien éste les siguió? ¿Qué papel representa el perro en el caso?

—Me imagino que entra en el asunto del mismo modo que las pelucas —indicó mistress Oliver— Ésta es una cosa más que no se puede explicar, que carece de sentido. Uno de mis elefantes dijo que el perro sentía una especial predilección por lady Ravenscroft y otro declaró que el animal la mordió en una ocasión.

—Siempre vuelve uno al punto de su partida —manifestó Poirot—. Uno quiere saber más. —Suspiró nuevamente—. Uno quiere saber más cosas acerca de los protagonistas del drama… Ahora bien, ¿cómo se puede conseguir eso si nos hallamos separados de ellos por un montón de años?

—Creo que no es la primera vez que se encuentra usted metido en un caso de esta índole —opinó mistress Oliver—. Usted intervino en el caso del pintor asesinado a tiros o envenenado. El hecho ocurrió en un lugar de la costa, en una especie de fortificación. Usted, Poirot, consiguió dar con el autor del crimen, pese a no saber nada acerca de los protagonistas del suceso.

—Querrá usted decir que no los conocía. Saber sí que supe de ellos por la gente del lugar.

—Algo semejante estoy yo intentando hacer —repuso mistress Oliver—. Sólo que tropiezo con dificultades insuperables. No acierto a dar con nadie que esté realmente enterado, o implicado en el hecho. ¿Cree usted que debiéramos renunciar, dándonos por vencidos?

—Creo que sería muy prudente renunciar —declaró Poirot—. Ahora, hay momentos en que uno no quiere hacer gala de su buen juicio o prudencia. Yo lo que quiero es saber más de lo que sé. En la actualidad, siento un vivo interés por esa agradable pareja, padres de dos gentiles hijos. Yo me figuro que son gentiles, verdaderamente.

—No conozco al chico —manifestó mistress Oliver—. Creo que no llegué a hablar nunca con él. ¿Quiere usted conocer a mi ahijada? Podría decirle que viniese a verle.

—Sí. Es una buena idea. Me gustaría verla, conocerla, hablar con ella. Tal vez ella no sienta el menor deseo de conocerme. Podríamos planear un encuentro, algo que no resultara forzado. Ésta es una experiencia llena de interés. Hay otra persona que desearía conocer también.

—¿Cuál?

—La mujer de la comida literaria. La dominante. Su amiga, madame.

—No es amiga mía —aclaró mistress Oliver—. Me abordó para hablarme, eso fue todo.

—¿Podría ponerse en comunicación con ella?

—Sí, fácilmente. Me parece que daría un salto si oyese mi voz al teléfono.

—Quisiera verla. Quisiera saber por qué desea conocer del caso que nos ocupa los detalles que le dijo.

—Sí. Me imagino que ése sería un paso acertado. Por otro lado —dijo mistress Oliver, con un suspiro—, me gustaría descansar un poco de mis elefantes. Nanny, la vieja Nanny, de quien le hablé antes, aludió a los elefantes, resaltando su buena memoria. Empiezo a sentirme acosada por esta idea. Bueno, amigo mío, debe usted lanzarse a la búsqueda de más elefantes. Es su turno.

—¿Y usted qué?

—Es posible que me dedique a buscar cisnes.

—*Mon Dieu!* ¿Qué pintan aquí los cisnes?

—Nanny hizo que me acordara de una cosa... Cuando jugaba con algunos niños había uno que me llamaba lady Elefante y otro lady Cisne. En este último papel, yo fingía nadar tendida en el suelo. Pero cuando era lady Elefante, los chicos se encaramaban a mi espalda. En este asunto no hay cisnes.

—Una buena cosa —comentó Poirot—. Con los elefantes ya tenemos suficiente.

Capítulo X

DESMOND

Dos días más tarde, Hércules Poirot saboreaba su chocolate de la mañana mientras leía la misiva que había llegado con su correo. Leíala ahora por segunda vez. El firmante de la carta tenía buena letra, aunque ésta carecía del sello especial que da la madurez.

Distinguido monsieur Poirot:

Temo que esta carta mía le parezca un tanto extraña. Me haré comprender mejor, sin duda, si menciono aquí a una amiga suya. He intentado ponerme en contacto con ella para concertar una entrevista con usted, pero al parecer no se encuentra en este país. Su secretaria (estoy refiriéndome a Ariadne Oliver, la novelista), me dijo algo en relación con un safari en África Oriental en que toma parte. En vista de eso, he pensado que su ausencia puede prolongarse durante algún tiempo; pero estoy seguro de que ella me hubiera ayudado. Tengo mucho interés en entrevistarme con usted. Necesito urgentemente su consejo.

Tengo entendido que mistress Oliver conoce a mi madre, con la que estuvo hablando recientemente, en el transcurso de una comida literaria. Le quedaría muy agradecido si usted me señalara un día para visitarle. Me acomodaré a lo que usted sugiera. No sé si esto servirá de algo, pero el caso es que la secretaria de mistress Oliver pronunció la palabra elefantes. Me figuro que eso tiene que ver con el viaje de la novelista por África Oriental. La secretaria pronunció esa palabra como si hubiese sido una clave. Yo no entiendo nada de ello, pero tal vez no sea éste su caso. Estoy muy preocupado, me siento presa de una gran ansiedad y le quedaría muy reconocido si accediera a recibirme.

Suyo sinceramente,

DESMOND BURTON-COX.

—*Nom d'un petit bonhomme!* —exclamó Hércules Poirot.

—¿Cómo ha dicho el señor? —inquirió George.

—Es una simple exclamación —explicó Hércules Poirot—. Hay ciertas cosas que cuando se meten en la vida de uno no le dejan ya más en paz. Nada, que no hay manera de desembarazarse de ella. Lo mío son los elefantes.

Poirot se levantó, llamando a su fiel secretaria, miss Lemon, a la que entregó la carta de Desmond Burton-Cox, dándole instrucciones para concertar una cita con el mismo.

—No me hallo muy ocupado en la actualidad —señaló—. Me vendría bien mañana.

Miss Lemon le recordó que tenía concertadas ya dos entrevistas para la misma jornada, si bien reconoció que disponía de bastantes horas libres, por cuya razón lo dejaría arreglado todo de acuerdo con sus deseos.

—¿Es esto algo que tiene que ver con el Parque Zoológico? —preguntó ella.

—Pues no —repuso Poirot—. No haga referencia a los elefantes en su carta. Los elefantes son unos animales de gran tamaño. Suelen ocultarnos una gran parte del horizonte. Sí. Dejémoslos a un lado. Indudablemente pese a todo, surgirán en el curso de la conversación que voy a sostener con Desmond Burton-Cox.

—Míster Desmond Burton-Cox —anunció George, haciendo entrar en la estancia al visitante.

Poirot se había puesto en pie, quedándose junto a la repisa de la chimenea. Guardó silencio un momento. Luego, consciente de la primera impresión, avanzó. Se encontraba ante una persona nerviosa y enérgica. Desmond se mostraba algo inquieto, pero lo disimulaba bien. El joven dijo, extendiéndole una mano:

—¿Monsieur Hércules Poirot?

—Sí —contestó Poirot—. Y usted es Desmond Burton-Cox. Haga el favor de sentarse y dígame en qué puedo servirle, explíqueme las razones que le han inducido a venir a verme.

—Resulta algo difícil de explicar esto —manifestó Desmond Burton-Cox.

—Hay muchas cosas difíciles de explicar siempre —contestó Hércules Poirot—, pero disponemos de tiempo… Siéntese, por favor.

Desmond, vacilante, escrutó el rostro del hombre que tenía delante. Realmente, pensó, era como un personaje cómico. La cabeza le recordaba un huevo. Y luego, su gran bigote... No resultaba imponente, por supuesto. No respondía a lo que él había esperado encontrar.

—Usted... usted es detective, ¿verdad? —preguntó—. Esto quiere decir que está acostumbrado a averiguar ciertas cosas. La gente viene a verle para que haga indagaciones en su nombre.

—Sí. Ésa es una de mis misiones en la vida —confirmó Poirot.

—No creo que sepa usted a qué he venido. Tampoco creo que sepa muchas cosas acerca de mí.

—Sé algo —afirmó Poirot.

—¿Quiere usted decir que mistress Oliver, su amiga, le ha contado alguna cosa relativa a mi persona?

—Me ha contado que tuvo una conversación con una ahijada suya llamada Celia Ravenscroft. Esto es cierto, ¿no?

—Sí. Me lo dijo Celia. Mistress Oliver conoce a mi madre... ¿La conoce a fondo, quiero decir?

—No. Me parece que la relación que pueda existir entre ellas es más bien de tipo superficial. Según mistress Oliver, la conoció en el transcurso de una comida literaria y las dos cruzaron unas palabras. Tengo entendido que su madre le hizo una pregunta a mi amiga.

—No tenía por qué haberla hecho. No se trataba de nada que le incumbiera —saltó el joven.

Desmond Burton-Cox había arrugado el ceño. Poirot le vio ahora enfadado y resentido.

—Las madres... Bueno, quiero decir...

—Me hago cargo —replicó Poirot—. Las madres, generalmente, se pasan la vida haciendo cosas que sus hijos preferirían que no hicieran. ¿No es verdad?

—Tiene usted razón. Ahora, mi madre ha hecho un hábito de inmiscuirse en los asuntos que no le conciernen.

—Tengo entendido que usted y Celia Ravenscroft son... muy amigos. De las palabras de su madre, mistress Oliver dedujo que había por medio un proyecto de casamiento. ¿Para dentro de poco, quizá?

—Sí, pero insisto en que mi madre no tiene por qué estar haciendo preguntas por ahí, preocupándose por detalles que no le conciernen.

—Las madres son así —dijo Poirot, sonriendo. Para añadir inmediatamente—: Usted es un joven, quizá, muy apegado a la suya.

—Yo no diría eso —indicó Desmond—. Decididamente, no

hay nada de eso en mi caso… Fíjese… Bueno, será mejor que le diga en seguida que no es realmente mi madre.

—¡Ah! Ignoraba tal circunstancia.

—Yo fui adoptado —explicó Desmond—. Ella tuvo un hijo que falleció siendo una criatura. Yo fui a ocupar su puesto. Se refiere a mí, piensa y habla de mí como si fuese auténticamente su hijo. Pero no hay nada de eso. Nosotros dos no nos parecemos. No tenemos los mismos puntos de vista, ni mucho menos.

—Es fácil de comprender —dijo Poirot.

—Me estoy apartando de lo que quiero preguntarle —indicó Desmond.

—¿Quiere encargarme algo, hacer unas averiguaciones respecto al particular en su nombre, llevar a cabo algún interrogatorio?

—Supongo que todo eso cubre lo que yo deseo. No sé hasta qué punto se halla usted informado…

—Poseo una ligera información —repuso Poirot—. Nada de detalles. Sé bastante poco sobre usted y miss Ravenscroft, a la que no he tenido el honor de conocer personalmente. Me gustaría tener ocasión de charlar con ella.

—Había pensado traerla aquí para eso, pero me he dicho que era mejor que antes celebráramos esta entrevista.

—Una decisión muy sensata —comentó Poirot—. ¿Se siente inquieto? ¿Le preocupa algo? ¿Tropieza con dificultades?

—Pues no. No. No han surgido dificultades. Y lo de la familia de Celia es algo que sucedió hace años, siendo ella una chiquilla. Hubo una tragedia… Bueno, está ocurriendo todos los días ahora. Dos personas se quitaron la vida, de común acuerdo. Fue un pacto de suicidio. Nadie supo sus causas, el porqué del drama. Cuando se da una de estas cosas, ¿qué culpa cabe imputar a los descendientes? Sin embargo, ellos, injustamente, sufren las consecuencias del hecho, en el terreno material y en el moral. Y en este caso particular, mi madre no tiene por qué inmiscuirse, en absoluto.

—A medida que uno avanza por la vida —declaró Poirot—, observa que hay mucha gente aficionada a meterse en cosas que no debieran importarle. Esto es muy corriente.

—Este asunto quedó liquidado en su día. Quedó en un enigma, ciertamente. Y ahora mi madre no cesa de formular preguntas. Quiere estar informada y ha logrado poner a Celia en un estado de vacilación, de duda, insoportable. La chica se pregunta si quiere o no casarse conmigo.

—¿Y usted qué dice? ¿Usted quiere hacer todavía de la muchacha su esposa?

—Por supuesto que sí. Estoy decidido. Pero Celia no es ya la misma de antes. Desea estar enterada. Quiere saber el porqué de lo ocurrido. Y piensa que mi madre conoce algo importante sobre el caso, si bien yo opino que anda equivocada.

—A mí me parece que si ustedes están decididos a casarse no tienen por qué desistir de su proyecto, obrando sensatamente. Puede decirse que me hallo en posesión de algunas informaciones sobre la tragedia. Me han sido facilitadas a solicitud mía. Como ya señalé, se trata de un asunto pasado, de años atrás. No hubo explicaciones satisfactorias en su día. No las ha habido nunca. Ahora, no es posible en la vida dar con todas las explicaciones a las cosas que suceden.

—Fue un pacto de suicidio —afirmó el joven—. No pudo tratarse de otra cosa. Sin embargo...

—Usted aspira a conocer las causas reales, ¿no? ¿Es eso lo que desea?

—Sí. Celia anda preocupada en este aspecto y me ha contagiado su inquietud. También está preocupada mi madre, aunque como ya he indicado antes, éste no es asunto que le concierna. No creo que haya un culpable. Quiero decir que en mi opinión no hubo ninguna riña ni cosa parecida. Lo malo es que no sabemos a qué atenernos. Bueno, yo no puedo saber nada, porque no me encontraba allí.

—¿No conocía usted al matrimonio Ravenscroft, ni a Celia?

—De más cerca o más lejos, conozco a Celia desde siempre. Los amigos con los cuales yo pasaba mis vacaciones eran vecinos de los Ravenscroft cuando nosotros éramos muy jóvenes. Unos niños, simplemente. Simpatizamos desde el primer momento e íbamos juntos a todas partes.

»Después, estuve muchos años sin ver a Celia. Sus padres estaban en Malasia, igual que los míos. Creo que se vieron de nuevo allí, en más de una ocasión... Hablo de mi padre y de mi madre. Mi padre murió ya... Pero yo creo que cuando mi madre estuvo en Malasia oyó contar algunas cosas de las que se ha acordado ahora; ha empezado a pensar, a concebir ideas, que no es posible que sean confirmadas prácticamente. Estoy seguro de que son erróneas. Pero no ha vacilado en sembrar la preocupación en Celia. Quiero saber qué es lo que pasó realmente. Celia tiene idéntico empeño. Queremos saber el porqué, el cómo del suceso, todo... Basta ya de estúpidos comentarios o murmuraciones.

—Sí —contestó Poirot—. No deja de ser natural su postura. Seguramente, Celia tiene más interés que usted todavía en saber la verdad. Ella se siente afectada más directamente por el caso. Ahora bien, ¿qué importancia real tiene eso? Ustedes debieran pensar en el ahora, en el presente. Usted ama a la chica y ella le ama a usted... ¿Qué tiene que ver el pasado con esto? ¿Qué más da que los padres fueran unos suicidas, o que murieran en un accidente de aviación, o que fallecieran de muerte natural? ¿Qué más da si tuvieron o no escarceos amorosos con otras personas que sembraron la infelicidad en sus vidas?

—Es cierto —dijo Desmond Burton-Cox—. Tiene usted mucha razón. Ha hablado muy sensatamente. Ocurre, sin embargo, que las cosas han tomado un giro que me obliga a dejar a Celia completamente satisfecha en cuanto a su empeño de conocer la verdad. Celia es una persona muy sensible, que lo tiene todo en cuenta, aunque sea una chica poco dada a hablar, a exteriorizar sus sentimientos.

—¿Y no se le ha ocurrido a usted pensar que ha de resultar muy difícil, si no imposible, llegar al conocimiento de esa verdad? —inquirió Hércules Poirot.

—La verdad... Es decir, quién mató a quién y por qué... Pudo haber algo...

—Pero ese algo pertenece al pasado. Por tanto, ¿qué más da ya ahora?

—No debería importarnos, ciertamente. Y es lo que hubiera ocurrido de no haber intervenido mi madre, de no haber comenzado ella a efectuar indagaciones por su cuenta. Lo habríamos dejado de lado, naturalmente. No creo que Celia dedicara muchas reflexiones al drama. Tengo entendido que se encontraba en Suiza en la época en que se produjo. Ya sabe usted lo que pasa... De adolescente, se acepta todo como viene, imponiéndose la despreocupación o la falta de juicio de los pocos años.

—¿No cree usted entonces que pretende lo imposible?

—Quiero que realice usted unas investigaciones —dijo Desmond—. Tal vez no se trate de un trabajo normal, de los que le encargan habitualmente, o no le guste...

—No hay inconveniente por mi parte —le atajó Poirot—. Confieso que siento ya cierta curiosidad. No obstante, ¿cree usted que resulta prudente airear las cosas ocultas o censurables que siempre surgen al desvelar una tragedia humana?

—No. No lo es seguramente. Pero ya ve usted que...

Poirot interrumpió a Desmond.

—¿No conviene usted conmigo, por otro lado, que va a resultar imposible descubrir la verdad de lo ocurrido al cabo de tanto tiempo?

—Aquí es donde no estoy de acuerdo con usted. A mí me parece que existen muchas posibilidades de dar con la verdad.

—Muy interesante —contestó Poirot—. ¿Por qué opina usted así?

—Porque....

—Vamos, vamos. Usted tendrá sin duda sus consistentes razones.

—Pienso que debe de haber personas enteradas de los hechos, bien informadas. Tiene que haber gente que puede aclarar el misterio. Es posible que esas personas no deseen ponerse al habla conmigo, ni con Celia. Ante usted, en cambio, quizá reaccionen de otra manera.

—Muy interesante —repitió Poirot.

—Han ocurrido ciertas cosas —dijo Desmond— que pertenecen ya al pasado. Yo... yo he oído hablar de ellas de un modo vago. Hubo una persona que era deficiente mental. Hubo alguien (no sé quién exactamente, lady Ravenscroft, tal vez) que estuvo recluida en un manicomio durante años. Mucho tiempo. Hubo una tragedia siendo ella joven aún... Murió un niño, en un accidente, creo... Lo cierto es que esa mujer tuvo que ver con aquel asunto.

—Me figuro que todo eso lo ha averiguado usted indirectamente.

—Me lo dijo mi madre. Ella oyó contar algo. En Malasia, creo. Circularon algunas habladurías. Usted sabe lo que pasa en los servicios oficiales: las gentes de idénticas procedencias se mantienen unidas, las mujeres murmuran, dicen cosas que a lo mejor pueden ser simples embustes...

—Y usted desea averiguar qué había de verdad en aquellas afirmaciones o comentarios, ¿eh?

—Sí. Pero no sé qué camino tomar personalmente. Ha pasado mucho tiempo y yo no sé a quién dirigirme, no sé adónde ir. Y el caso es que hasta que sea averiguado concretamente qué pasó y por qué...

—Comprendo lo que quiere decirme. Es decir, lo supongo... Celia Ravenscroft sólo accederá a casarse con usted cuando esté segura de que no heredó de su madre ninguna deficiencia mental. ¿Me equivoco?

—Eso es lo que creo que se le ha metido en la cabeza ahora. Me parece, además, que la idea se la sugirió mi madre.

—No es un asunto nada fácil de investigar —puntualizó Poirot.

—No. Ahora bien; yo he oído contar muchas cosas acerca de usted. Me han dicho que es usted un hombre muy inteligente, muy hábil, que sabe cómo hay que dirigirse a la gente para hacerla hablar.

—¿A quién me sugiere usted que debo interrogar? Me ha hablado antes de Malasia. Supongo que no se refería a la gente de tal nacionalidad. Usted se remontaba a los días en que Inglaterra tenía montados ciertos servicios oficiales allí. Se refería a compatriotas suyos en el extranjero y a diferentes comentarios intercambiados entre ellos.

—No he querido decirle que eso fuera de utilidad ahora. Ha transcurrido mucho tiempo desde entonces, como ya señalé antes. Los que murmuraron habrán olvidado ya sus palabras, lógicamente, si es que no han muerto. Lo que yo pienso es que mi madre se hizo con una serie de informaciones erróneas, a las que posteriormente ha aportado ideas propias.

—Y aun así todavía piensa que yo voy a ser capaz de...

—No he querido decirle que eso fuera de utilidad ahora, ni que deba ir a Malasia para interrogar a la gente. Allí no quedará nadie de los que estaban por aquellas fechas.

—En consecuencia, no puede darme nombres.

—De esa clase, no —dijo Desmond.

—¿Otros, acaso?

—Creo que hay un par de personas que pueden saber qué pasó y el porqué. Por el hecho de haber estado allí. Su información tiene que ser directa, de primera mano.

—¿No quiere ir usted a ellas personalmente?

—Podría hacerlo, pero no creo que... No me gustaría tener que hacerles ciertas preguntas. Celia se halla en el mismo caso. Eran muy amables. Pudieron haber mejorado las cosas o haberlo intentado. Sólo que no les fue posible... ¡Oh! Me estoy expresando muy confusamente.

—Pues yo creo que su mente alberga una idea muy concreta. Dígame: ¿está en todo de acuerdo con usted Celia Ravenscroft?

—La verdad es que no he sido muy explícito con ella. Celia estuvo muy encariñada con Maddy y Zélie.

—¿Maddy y Zélie?

—Se llamaban así. Le facilitaré algunas aclaraciones. Verá... Siendo Celia una niña, en la época en que la conocí, cuando vivíamos en casas casi contiguas, tuvo una institutriz francesa. Una mademoiselle, se decía también. Era una joven muy agradable.

Solía jugar con nosotros. Celia la llamaba Maddy para abreviar... Toda la familia la llamaba así.

—Ya.

—Por el hecho de ser francesa, he pensado que accedería a decirle a usted lo que supiera... Me imaginé que con otras personas se mostraría bastante menos comunicativa.

—Comprendido. ¿En cuanto al otro nombre?

—Zélie... Otra institutriz, otra mademoiselle. Maddy estuvo allí dos o tres años y regresó posteriormente a Francia, o a Suiza... no sé... Y llegó Zélie... Así la llamaba Celia y toda la familia. Era más joven que Maddy y muy bonita y divertida. Todos la queríamos muchísimo. Siempre jugaba con nosotros. Sentíamos verdadera adoración por Zélie. El general Ravenscroft la tenía en gran estima. Jugaban los dos frecuentemente a los cientos, al ajedrez...

—¿Cuál era la actitud de lady Ravenscroft?

—Sentíase muy encariñada con Zélie también y la chica le correspondía. Por ese motivo volvió más tarde...

—¿Volvió?

—Lady Ravenscroft estuvo enferma. Había estado en un hospital... Zélie, que se había ido de la casa, regresó a ella para hacerle compañía, para cuidar de la madre de Celia. Estoy casi seguro de que se hallaba en la casa cuando se produjo la tragedia... Zélie tiene que saber qué es lo que ocurrió realmente.

—¿Y conoce usted sus señas? ¿Sabe dónde está en la actualidad?

—Sí. Sé dónde está. Tengo su dirección. Me he hecho con las direcciones de las dos. Pensé que quizás usted accediera a ir a verla, a verlas. Sé que es mucho pedir, pero...

Desmond guardó silencio de pronto.

Poirot miró a su interlocutor, pensativo, diciendo finalmente:

—Sí. Se trata de una posibilidad, ciertamente, de una posibilidad...

Libro II

LARGAS SOMBRAS

Capítulo XI

EL INSPECTOR GARROWAY Y POIROT
COMPARAN SUS NOTAS

El inspector Garroway miró a Poirot, al otro lado de la mesa. Parpadeó. George acababa de dejarle al lado un whisky con soda. Acercándose a Poirot, le sirvió un vaso lleno hasta el borde de un líquido purpúreo.

—¿Qué bebida es ésa? —inquirió Garroway, curioso.

—Un jarabe de grosella —respondió Poirot.

—Muy bien. Sobre gustos no hay nada escrito. ¿Qué es lo que me dijo Spence? ¡Ah, sí! Que usted tomaba una especie de tisana...

—Una sustancia muy útil para bajar la fiebre, sí, señor.

—¡Bah! Medicamentos. —Garroway tomó un largo sorbo de whisky—. He aquí el arma del suicida.

—¿Fue aquello un suicidio? —inquirió Poirot.

—¿Y qué otra cosa podía ser? —dijo el inspector Garroway—. ¡La de cosas que quiere usted saber!

El hombre movió la cabeza. Su sonrisa se hizo más acentuada.

—Siento mucho haberle causado tantas molestias. Yo soy como el animal o el niño de una de las historias de Kipling. Sufro de Insaciable Curiosidad.

—Una curiosidad insaciable... —comentó el inspector Garroway—. ¡Qué bonitos libros escribió Kipling! Conocía su oficio, además. Me contaron una vez que ese hombre era capaz de descubrir y retener en la memoria más cosas que un ingeniero de la Armada sobre un destructor, por ejemplo, tras una breve visita al mismo.

—Yo no puedo llegar a tanto, en cambio —declaró Hércules Poirot—. En realidad, lo ignoro todo. Y por esa razón, me veo obligado a hacer preguntas. Creo que le envié una lista de temas demasiado extensa.

—Lo que más me ha intrigado es la facilidad con que pasa usted de uno a otro. Se ha referido a psiquiatras, a informes médicos, a la forma en que se gastaba el dinero, al dueño o dueños del mismo, a unos posibles herederos o beneficiarios... Se ha interesado por aquellos individuos posibles receptores de dinero, que a lo mejor quedaron defraudados; ha solicitado detalles sobre peluquería femenina, sobre pelucas, quiere saber nombres de vendedores de éstas, de firmas que acostumbran a entregarlas cuidadosamente embaladas en cajas de cartón de rosados tonos...

—Puedo asegurarle que me he quedado asombrado al comprobar que usted conocía las respuestas correspondientes a tantas preguntas —manifestó Hércules Poirot.

—Bueno, es que nos enfrentamos con un caso misterioso y tomamos infinidad de notas. No nos sirvieron de nada y luego nos limitamos a archivarlas, a dejarlas donde pudieran ser halladas, si alguien tenía necesidad de estudiarlas posteriormente.

Alargó un hoja a Poirot. El inspector Garroway añadió:

—Aquí tiene. Peluqueros. Bond Street. Una firma de lujo. Eugene & Rosentelle era la razón social. La misma firma pasó luego a Sloane Street. Aquí están las señas. Pero el negocio ha sufrido ciertas variaciones. Dos de sus miembros se retiraron hace años... Lady Ravenscroft figuraba en su lista de clientes. Rosentelle vive ahora en Cheltenham. Continúa operando dentro del ramo. Peluquera estilista, se denomina en la actualidad. Sí. Es una expresión muy al día. Especialista en belleza, puede añadirse. Los mismos perros con diferentes collares, como solía decirse en mi juventud.

—¡Ah! —exclamó Poirot.

—¿A qué viene ese ¡ah!, monsieur Poirot?

—Le estoy inmensamente agradecido —contestó Poirot—. Me ha suministrado usted una idea. ¡De qué forma tan rara nos llegan a veces las ideas!

—Ya tiene usted demasiadas en su cabeza —declaró el inspector—. No necesita más... Bueno, he hecho algunas comprobaciones referentes a la historia familiar. No hay mucho que decir... Alistair Ravenscroft era de origen escocés. Hijo de un pastor de la iglesia... Tenía dos tíos en el ejército, ambos de prestigio. Contrajo matrimonio con Margaret Preston-Grey, una joven de buena familia, que fue presentada en la Corte y todo lo demás. Nada de escándalos familiares. Tenía usted razón al señalar que era una de dos hermanas gemelas. No sé cómo supo usted de Dorothea y Margaret Preston-Grey, conocidas familiarmente por Dolly y Molly. Los Preston-Grey vivían en Hatters Green, en Sussex. Eran aquéllas unas gemelas idénticas... La historia de siempre en tales casos: les salieron los dientes por las mismas fechas, tuvieron el sarampión dentro del mismo mes, llevaban los mismos vestidos... Hasta se enamoraron del mismo tipo de hombre. Y se casaron en la misma fecha, aproximadamente. Sus esposos eran militares. El médico de la familia, el que las atendió de jóvenes, murió hace algunos años. Nada puede esperarse por ese lado, pues. Hubo un suceso trágico, relacionado con una de ellas…

—¿Con lady Ravenscroft?

—No, con la otra, con la que se casó con el capitán Jarrow. De ese matrimonio nacieron dos hijos. El más pequeño, cuando contaba cuatro años de edad, se cayó de una carretilla, o tropezó con una herramienta o juguete infantil de jardín, no sé… El caso es que habiendo recibido un fuerte golpe en la cabeza cayó a un estanque artificial y se ahogó. Todo fue culpa de su hermana. Estaban jugando juntos y riñeron, como suelen reñir los niños. Sobre las causas de este suceso no había muchas dudas, pero alguien puso en circulación otra historia. Se dijo que todo fue obra de la madre, que ésta le había pegado… En otra versión, asegurábase que la autora del hecho había sido una vecina. Supongo que esto no encierra el menor interés para usted… ¿Qué relación puede tener tal drama con el pacto de suicidio de la hermana de la madre y su marido, años más tarde?

—Cierto. No parece guardar la menor relación con lo otro. No obstante, cuanto más amplia sea nuestra información, mejor.

—Sí —confirmó Garroway—. Hay que adentrarse en el pasado. Y que conste que nos hemos remontado bastante. Todo eso ocurrió algunos años antes del suicidio.

—¿Ha encontrado papeles sobre el caso?

—He estado estudiándolo. He leído algunos relatos. Y también informaciones periodísticas. Había algunos puntos oscuros. La madre del niño estuvo terriblemente afectada por la desgracia. Perdió la salud y tuvo que ser internada en un centro sanitario. Nunca volvió a ser la mujer de antes, según manifestaron diversas personas.

—¿Pero la juzgaron autora del hecho?

—Eso pensaba el médico. Compréndalo, se carecía de pruebas directas. Ella afirmó haber presenciado la escena desde una ventana de la casa. La niña había propinado un fuerte golpe a su hermano, dándole un empujón luego. Su relato, sin embargo… Bueno, me parece que no le creyeron, sus frases eran incoherentes.

—¿Hubo pruebas de carácter psiquiátrico?

—Sí. Fue internada en un hospital. Se habían observado en ella fallos mentales. Permaneció largo tiempo en uno o dos establecimientos, sometida a tratamientos médicos. Cuidó de ella uno de los especialistas del hospital de San Andrés, en Londres. Al final, al cabo de unos tres años, le fue dada el alta, y fue enviada a su casa, con su familia, para que normalizara su vida.

—¿Y llevó en lo sucesivo, efectivamente, una existencia normal?

—Siempre fue una neurótica, según tengo entendido…

—¿Dónde se encontraba cuando lo del suicidio? ¿Estaba en casa de los Ravenscroft?

—No, falleció unas tres semanas antes de que ocurriera aquello, a consecuencia de un accidente. Sucedió esto hallándose con ellos, en Overcliffe. Aquí tenemos una prueba más de la similitud de los destinos de las hermanas Preston-Grey. Había sufrido varios ataques de sonambulismo. Ya había dado algunos sustos a sus familiares por tal motivo. Tomaba muchos tranquilizantes, quizás abusaba de éstos. Correteaba dormida por la casa y en ocasiones salía de ella. Avanzando por un camino situado al borde de unos peñascos, dio un paso en falso y se despeñó. Murió instantáneamente y sólo consiguieron dar con ella al día siguiente. Su hermana, lady Ravenscroft, tuvo que ser internada en un centro sanitario.

—¿Pudo este trágico accidente llevar a los Ravenscroft al suicidio poco después?

—Nadie sugirió tal cosa.

—Con los hermanos gemelos se ven cosas raras… Lady Ravenscroft pudo haberse suicidado por no haber tenido fuerzas para soportar la pena producida por la muerte de su hermana. Luego, su marido pudo imitarla por sentirse culpable de algo…

El inspector Garroway contestó:

—Ya le he dicho antes, Poirot, que me parece que pululan demasiadas ideas por su cabeza. Alistair Ravenscroft no pudo haber tenido una relación amorosa con su cuñada sin que nadie se enterara. No hubo nada de eso…, si es que en eso pensaba.

Sonó el timbre del teléfono. Poirot se levantó para atender la llamada. Era mistress Oliver.

—Monsieur Poirot: ¿puede usted venir a tomar el té conmigo mañana? Le ofrezco una copita de jerez si no quiere té. Va a venir a verme Celia… También voy a recibir a la mujer dominante de la comida literaria. ¿No era eso lo que usted quería?

Poirot contestó afirmativamente.

—Tengo que darme prisa ahora —manifestó mistress Oliver—. He de ir a ver a un viejo Corcel de Guerra, proporcionado por mi Elefante Número 1, Julia Carstairs. Creo que me ha dado su nombre equivocado (es lo que le pasa siempre), pero confío en que las señas estén bien.

Capítulo XII

CELIA HABLA CON HÉRCULES POIROT

—Bueno, madame —dijo Poirot—, ¿y cómo le ha ido con sir Hugh Foster?

—Comenzaré por decirle que no se llama Foster... Su apellido es Forthergill. Es muy propio de Julia incurrir en semejantes errores. Siempre le pasa lo mismo.

—De manera que no se puede confiar en los elefantes por lo que atañe a los nombres, ¿eh?

—No hablemos más de elefantes... He terminado ya con ellos.

—¿Y su Corcel de Guerra?

—Algo inútil como fuente de información. He registrado una observación firme sobre cierta gente apellidada Barnet con un chico que murió en un accidente, en Malasia. Pero eso no tiene nada que ver con los Ravenscroft. Le he dicho que he terminado con los elefantes.

—Madame, ha sido usted un ejemplo de perseverancia.

—Celia va a presentarse aquí dentro de media hora, aproximadamente. Usted quería conocerla, ¿verdad? Le he explicado que usted es... Bueno, que me está ayudando en este asunto. ¿Habría preferido que la joven fuese a verle?

—No —contestó Poirot—. Estoy conforme con la forma en que usted ha arreglado esto.

—Supongo que no estará aquí mucho tiempo. Si nos desembarazamos de ella en el plazo de una hora, más o menos, dispondremos de un rato para pensar en todo. Luego, llegará mistress Burton-Cox.

—¡Ah, bien! Será una entrevista verdaderamente interesante. Sí. Muy interesante.

Mistress Oliver suspiró.

—¡Ah! Es una pena, ¿no? No disponemos de mucho material de trabajo, ¿eh?

—Cierto —repuso Poirot—. Ignoramos lo que andamos buscando. Todo lo que sabemos es que una pareja que vivía feliz recurrió al suicidio. Y tenemos que dar con una causa, con un motivo. Hasta ahora, hemos avanzado y retrocedido, hemos ido hacia la derecha y hacia la izquierda, nos hemos encaminado al oeste y al este.

—Hemos mirado en todas direcciones, desde luego. Sin embargo, no hemos estado todavía en el Polo Norte.

—Ni en el Polo Sur —señaló Poirot.

—¿Qué es lo que tenemos, en resumen?

—Diversos detalles. He confeccionado una lista. ¿Quiere usted leerla?

Mistress Oliver se sentó junto a Poirot, asomándose por encima de su hombro.

—Pelucas —dijo ella, señalando la primera anotación—. ¿Por qué las pelucas antes que otra cosa?

—Cuatro pelucas —repuso Poirot—. He aquí un detalle interesante y cuyo significado real resulta difícil de averiguar.

—Creo que el establecimiento en que ella compró las pelucas ha desaparecido. La gente compra sus pelucas en distintos sitios ahora. Por otro lado, éstas no se usan tanto en la actualidad. Las mujeres solían comprarse pelucas cuando viajaban, al trasladarse al extranjero, por ejemplo. Hay que reconocer que les ahorraban molestias…

—Sí. Ya veremos lo que hacemos con las pelucas. Éstas constituyen algo en que se centra mi interés. Hablemos de las cosas que se contaban… Circularon historias referentes a una persona de la familia que era deficiente mental. Se habló de una hermana gemela que no estaba bien de la cabeza, que pasó muchos años en una casa de salud.

—Esta pista, a mi entender, no conduce a ninguna parte —manifestó mistress Oliver—. Podríamos pensar que esa mujer se presentó en su casa, abriendo fuego sobre los dos… No alcanzo a ver, sin embargo, el porqué de su acción.

—Claro —dijo Poirot—. Las huellas dactilares encontradas en el revólver eran del general Ravenscroft y de su esposa, tengo entendido… Se habló de un niño, que allí, en Malasia, fue asesinado o atacado, probablemente por la hermana gemela de lady Ravenscroft. También es posible que esto fuese obra de una criada o criado. Punto segundo. Refirámonos ahora al dinero.

—¿Qué dinero? ¿Qué tiene que ver el dinero con este asunto? —inquirió mistress Oliver, un tanto sorprendida.

—Nada, por lo visto —contestó Poirot—. De ahí el gran interés del detalle. El dinero, habitualmente, siempre cuenta. El dinero llega como consecuencia de un suicidio. O por éste, precisamente, se pierde. El dinero da lugar normalmente a dificultades, a molestias, y excita la codicia de la gente, despierta determinados deseos y recelos. Aquí no se ve nada. Al parecer, aquí no cuenta para nada el dinero. Han circulado historias de tipo amoroso, se ha hablado de mujeres relacionadas con el esposo, de hombres que se sentían atraídos por la esposa. Una historia pasional por un lado o por otro pudo haber desembocado en el suicidio o el crimen. Son cosas que suceden muy a menudo. Luego, llegamos a lo que para mí es lo más interesante. He ahí por qué siento tantos deseos de conocer a mistress Burton-Cox.

—¡Oh! Esa desagradable mujer. No sé por qué la considera usted tan importante. Todo lo que hizo fue actuar como una entrometida e impulsarme a mí a efectuar algunas indagaciones.

—Sí, muy bien, pero, ¿por qué estaba tan interesada en que usted se lanzase a eso? Esto se me antoja muy raro. Y creo que es necesario que descubramos su causa. Mistress Burton-Cox constituye el eslabón…

—¿El eslabón?

—Sí. Ignoramos cuál es, dónde falta. Todo lo que sabemos es que ella desea conocer más detalles acerca del doble suicidio. Por su condición de eslabón, queda conectada con su ahijada, Celia Ravenscroft, y con su hijo, que no es tal hijo…

—¿Cómo que no es su hijo?

—Es un hijo adoptivo —explicó Poirot—. Es un hijo que adoptó porque el suyo murió.

—¿Cómo que su hijo murió? ¿Por qué? ¿Cuándo? ¿En qué circunstancias?

—Ésas son las preguntas que me formulo yo. Ella ha podido ser un eslabón, un eslabón emocional, un deseo de venganza por causa del odio, por causa de una historia amorosa. De todos modos, debo verla. Tengo que formarme una opinión directa sobre esa mujer. Sí. Pienso que eso es muy importante.

Sonó el timbre de la puerta y mistress Oliver se dispuso a atender la llamada.

—Será Celia —aventuró ella.

Mistress Oliver volvió unos minutos después. La acompañaba Celia Ravenscroft. La joven parecía sentirse un poco recelosa.

—No sé si yo…

Se interrumpió, mirando a Hércules Poirot.

Mistress Oliver le dijo:

—Quiero presentarte a una persona que me está ayudando, que espero que pueda ayudarte a ti también. Hablo de ayuda en el sentido de contribuir a que sepas lo que quieres saber. He aquí a monsieur Hércules Poirot. Es un hombre especialmente dotado para desvelar misterios.

Celia profirió una exclamación apenas audible y se quedó con la vista fija en el hombrecillo que tenía delante, con su cabeza ahuevada y sus grandes bigotes.

—Creo que he oído hablar de él —manifestó.

Hércules Poirot tuvo que hacer un esfuerzo para no contestar con firmeza: «Casi todo el mundo ha oído hablar de mí». Esto había sido más cierto antes que ahora, puesto que muchas de las personas que habían sabido de Hércules Poirot y le conocieron, reposaban ya bajo sus lápidas sepulcrales, en diversos cementerios.

—Siéntese, mademoiselle. Le diré algo acerca de mí mismo... Por ejemplo: que cuando inicio una investigación la llevo siempre hasta el fin. Daré con la verdad de todo y si es esto lo que desea se la haré conocer. Ahora, puede ocurrir que lo que quiera sea tranquilizarse. He aquí algo que no es lo mismo que la verdad. Puedo señalar varios aspectos que podrían apuntar a ese fin. ¿Será esto suficiente? De ser así, no pida más.

Celia se sentó lentamente en la silla que él le había acercado, mirándole muy seria. Luego, dijo:

—Usted no piensa que a mí me preocupe mucho averiguar la verdad, ¿eh?

—Lo que yo pienso —manifestó Poirot— es que la verdad puede ocasionar un fuerte choque emocional, un pesar. Es posible que luego se preguntara: «¿Por qué no lo dejé todo atrás definitivamente? ¿Por qué me empeñé en saber más? Ahora sé algo doloroso, con lo que nada puedo hacer, que no me consuela ni me proporciona ninguna esperanza».

—Se trata del suicidio de mis padres, a quienes yo amaba. No puede extrañar a nadie que yo los quisiera...

—En los tiempos que vivimos, hasta eso llega a producir ocasionalmente extrañeza en la gente —declaró mistress Oliver—. Es una pena, pero así es.

—Durante mucho tiempo —dijo Celia— no he cesado de hacerme preguntas. Oía ciertos comentarios... Algunas personas me miraban con compasión. Había algo más. Se sentían curiosas. En tales circunstancias, no es raro que una comience a desear saber más cosas sobre la gente que conoce, sobre las amistades, sobre las personas que tuvieron relación con la propia familia. Yo quiero..., quiero saber la verdad. Soy capaz de enfrentarme con ella. Usted ha visto recientemente a Desmond —añadió la joven—. Se entrevistó con usted, sí. Él mismo me lo dijo.

—Es cierto. Fue a verme. ¿No quería usted que diese ese paso?

—No me pidió permiso.

—¿Y si se lo hubiese pedido?

—No sé qué habría hecho. No sé si le habría prohibido que le viera, diciéndole que no tenía por qué entrevistarse con usted, o si le habría animado...

—Me gustaría hacerle una pregunta, mademoiselle. Quisiera saber si existe una cosa clara en su mente que le importe verdaderamente, que puede importarle más que ninguna otra.

—¿De qué se trata?

—Desmond Burton-Cox fue a verme. Es un joven muy atractivo, muy agradable. Muy formal también, al parecer. Bien. Aquí está la cosa importante a que me refería. ¿Se proponen ustedes realmente casarse? Esto es serio, ¿eh? La gente joven no piensa en ello, pero hay que considerar que se trata de un lazo para toda la vida. ¿Pretenden ustedes contraer matrimonio? Entonces, ¿qué más da, a sus ojos y a los de Desmond, que esa pareja se suicidara o que hubiera por medio otra historia completamente distinta?

—¿Usted piensa que puede ocurrir esto último?

—No lo sé, todavía —contestó Poirot—. Tengo razones para calibrar tal posibilidad. Existen ciertas cosas que no están de acuerdo con la idea del doble suicidio, pero si me atengo a la opinión de la policía, y la policía, mademoiselle Celia, es digna de crédito, muy digna de crédito, señalaré que hubo pruebas e indagaciones que abonan la hipótesis del suicidio.

—Usted lo que quiere darme a entender es que no se supo nunca la causa del hecho.

—Sí.

—Y usted tampoco la conoce, ¿eh? No ha podido llegar a determinarla basándose en los datos conseguidos, en sus reflexiones, en lo que pueda haber más...

—No. No puedo ofrecerle seguridad de ninguna clase —manifestó Poirot—. Pienso que puede haber algo cuyo conocimiento resulte doloroso y le pregunto si no sería lo más juicioso decirse: «El pasado es el pasado. He aquí un joven a quien amo. Él me corresponde. Es el futuro lo que tenemos que compartir los dos y no el pasado».

—¿Le dijo él que era hijo adoptivo? —inquirió Celia.

—Sí, en efecto.

—Ya lo ve... ¿Por qué ha de meterse ella en esto? ¿Por qué importunar a mistress Oliver, sugiriéndole que me haga preguntas, que lleve a cabo ciertas averiguaciones? Ni siquiera es su madre.

117

—¿Está Desmond muy apegado a ella?

—No —repuso Celia—. Yo diría que le disgusta incluso. Creo que siempre ha sido así.

—Ella gastó dinero en su educación, pagó sus colegios, lo vistió, cuidó de él en otros aspectos. ¿Piensa usted que ella le quiere?

—No lo sé. No lo creo. Supongo que quiso en su día un niño que reemplazara a su hijo. Ella tuvo un hijo que murió en un accidente. Ése es el motivo de que pensara en una adopción... Su esposo falleció hace poco... Son difíciles estos hechos a la hora de intentar su esclarecimiento.

—Lo sé. Me gustaría saber ahora otra cosa.

—¿Acerca de ella o de él?

—¿Es buena su situación financiera? Me refiero a Desmond.

—Ignoro el alcance de su pregunta. Desmond dispondrá de lo necesario para mantener una esposa, para sostener un hogar. Tengo entendido que le fue asignada una cantidad de dinero al ser adoptado. Una suma suficiente. Desde luego, no se trata de una fortuna.

—¿No hay nada que ella pudiera... retener?

—¿Alude usted a la posibilidad de cortar la entrega de dinero en el caso de que él se casara conmigo? No sé que haya formulado una amenaza de ese tipo. No sé tampoco si podría hacer algo en tal sentido. Me parece que todo quedó arreglado por mediación de unos abogados o de las personas encargadas de legalizar las adopciones. Por lo que he oído contar, las entidades que desarrollan esas actividades son muy escrupulosas cuando llega el momento de entregar un niño de los confiados a su custodia.

—Deseo preguntarle algo más... No sé si usted podrá responderme. Mistress Burton-Cox sí que debe estar informada. ¿Conoce a su madre real?

—¿Es que ve usted en eso una razón que justifique su entrometimiento? Le diré que no. Supongo que Desmond es hijo ilegítimo de alguien. Normalmente, éstos son los niños objeto de adopción. Es posible que ella haya llegado a hacerse con alguna información referente a sus padres. De ser así, a Desmond no le ha comunicado nada. Me imagino que le diría, en su momento, las tonterías que se sugieren sean dichas en semejantes casos: que resulta maravilloso verse adoptado por una familia porque ese paso demuestra que se es realmente deseado, por ejemplo. Hay muchas frases hechas sobre el particular.

—¿Conoce él a alguno de sus parientes? ¿Y usted?

—No lo sé. A mí me parece que no conoce a nadie. Y me inclino a pensar que eso le tiene sin cuidado.

—¿Sabe usted si mistress Burton-Cox fue amiga de su familia, de sus padres? ¿La conoció cuando vivía usted en su casa, en los primeros tiempos?

—No. Creo que la madre de Desmond, quiero decir, mistress Burton-Cox, estuvo en Malasia. Me figuro que su esposo murió allí y que Desmond fue enviado a Inglaterra mientras ellos estaban allí, y se alojó con unos primos o unas personas que se hacían cargo de los niños en la época de las vacaciones. Así fue como nos hicimos amigos por aquellos días. Yo le admiraba mucho. No había nadie que desplegara más agilidad que él para trepar hasta las copas de los árboles. Me enseñaba los nidos que encontraba, las crías que había en ellos, los huevecillos de las aves. Después, nos vimos de nuevo en la universidad y charlamos acerca de aquellos días. Recordamos muchas horas vividas juntos… Yo no sé nada. Nada. Y quiero estar informada. ¿Cómo puede una ordenar su existencia y saber lo que va a hacer con ella si lo ignora todo en lo tocante a las cosas que la afectan, que han sucedido realmente?

—En consecuencia, usted me pide que continúe con mis indagaciones, ¿no?

—Sí. No sé si logrará usted algo… Yo creo que no. Es que Desmond y yo hemos hecho lo posible por averiguar algo más de lo que sabemos. No nos ha sonreído el éxito, precisamente. Todo se centra en ese hecho indudable que no es realmente la historia de una vida. Es la historia de una muerte, ¿no? Esto es, de dos muertes. Cuando se habla de un doble suicidio, se piensa en ello como si fuese una muerte. «Y en la muerte, ellos no fueron separados.» La cita es de Shakespeare… —La chica se volvió hacia Poirot—. Sí. Continúe con su trabajo. Haga las averiguaciones que le sean posibles. Déle cuenta a mistress Oliver de lo que haya, o póngase en comunicación directa conmigo. Yo preferiría esto último. —Celia miró ahora a mistress Oliver—. No quiero ser descortés con usted, madrina. Usted fue siempre muy atenta conmigo, pero… deseo tener una versión directa de los hechos, lo más directa posible.

—De acuerdo —dijo Poirot.

—Hábleme con toda sinceridad siempre.

—Yo no conozco más lenguaje que el de la verdad, mademoiselle —declaró Poirot, gravemente.

Capítulo XIII

MISTRESS BURTON-COX

—¿Y bien? —inquirió mistress Oliver al entrar de nuevo en la estancia, después de haber acompañado a Celia hasta la entrada de la casa—. ¿Qué opina usted de la joven?

—Tiene personalidad —contestó Poirot—. Es una muchacha interesante. Es alguien, indudablemente. Tiene peso. Usted me comprende, madame.

—Desde luego.

—Quisiera que me contara algo...

—¿Acerca de ella? La verdad es que no la conozco muy a fondo. Con los ahijados pasa siempre lo mismo. Se les ve de cuando en cuando, con intervalos más bien dilatados.

—No me refería a la muchacha. Hábleme de su madre.

—¡Ah!

—Usted conoció a su madre, ¿no?

—Sí. Coincidimos en una especie de *pensionnat*, en París. Por entonces, todo el mundo enviaba a sus hijas a París, para una especie de pulida final —dijo mistress Oliver—. ¿Qué quiere usted saber acerca de ella?

—¿La recuerda? ¿Se acuerda de cómo era?

—Sí. Siempre resta algo en la memoria referente a las cosas o personas del pasado, por lejos que queden.

—¿Qué impresión le causó esa mujer?

—Era bella —contestó mistress Oliver—. Me acuerdo bien de ese detalle. No me refiero a sus trece o catorce años, ¿eh? Por entonces, le sobraba un poco de grasa. A mí me parece que nos pasaba a todas lo mismo —añadió, pensativamente.

—¿Tenía personalidad?

—Eso ya es más difícil de recordar. Verá usted... Es que no era la única amiga que yo tenía, ni la mejor. Solíamos juntarnos varias, formando una especie de pandilla. Nos unía cierta afinidad de gustos. Nos gustaba jugar al tenis, nos agradaba ir a la ópera y nos fastidiaba, en cambio, que nos obligasen a desfilar por los museos de pinturas. Sólo una idea de carácter general puedo facilitarle. Molly Preston-Grey... Éste era el nombre completo de la misma.

—¿Tenían amistades masculinas?

—Tuvimos dos o tres pasiones, creo. No nos daba por los cantantes pop, por supuesto. Todavía no existían. Habitualmente, sentíamos debilidad por los actores. Me acuerdo de uno de ellos, actor de variedades bastante famoso. Una de las muchachas había clavado su retrato, con chinchetas, encima de su cama y mademoiselle Girand, una de las regidoras del internado, no vio eso con buenos ojos. «*Ce n'est pas convenable*», dijo. ¡La chica no le había hecho saber que era su padre! Nos reímos mucho con aquel incidente. Lo pasábamos muy bien allí.

—Siga hablándome de Molly o Margaret Preston-Grey. ¿Le recuerda esta chica a su madre?

—No. No se parecen. Yo creo que Molly era más emotiva que su hija.

—Tengo entendido que había una hermana gemela. ¿Se encontraba en el mismo *pensionnat*?

—No. Pudo haber estado allí porque, naturalmente, era de la misma edad. Me parece que se encontraba en otro sitio, en Inglaterra. No me es posible asegurar nada en este sentido. Vi a esa hermana, Dolly, en una o dos ocasiones. Desde luego, por entonces era exactamente igual que Molly... Bueno, no habían empezado a diferenciarse todavía, mediante los peinados y los vestidos, como ocurre por regla general con los hermanos gemelos al crecer...

»Creo que Molly sentía un gran cariño por su hermana Dolly, pero no hablaba mucho de ella. Tengo la impresión (ahora, ¿eh?, en aquellas fechas, no), tengo la impresión de que algo le ocurría a Dolly. Se habló esporádicamente de alguna enfermedad, de un viaje para someterla a un tratamiento no sé dónde. Una vez me pregunté si estaría inválida. En cierta ocasión una tía suya se hizo acompañar por ella, para realizar un viaje por mar, esperando que con esto mejorase su salud. —Mistress Oliver movió la cabeza—. No acierto a concretar más. Creo recordar que Molly le tenía mucho afecto y que le habría gustado hacer lo que fuese para protegerla... Estas frases deshilvanadas se le habrán antojado a usted un montón de insensateces, ¿eh?

—En absoluto —contestó Poirot.

—Otras veces, Molly rehuía hablar con nosotras de su hermana, contándonos cosas, en cambio, de sus padres. Los quería mucho. Su madre fue a París, a verla. Era una mujer muy agradable, pero nada extraordinaria, exteriormente. Era, simplemente, una mujer agradable, callada, cortés.

—Ya. Así que no puede usted echarme una mano en este terreno... ¿No tenían amigos?

—Frecuentábamos poco las amistades masculinas —declaró mistress Oliver—. Entonces no pasaba lo que hoy. Ahora, chicos y chicas se tratan más...

»De vuelta a nuestras casas, nos separamos. Creo que Molly fue a reunirse con sus padres, que se hallaban en el extranjero. No estaban en la India, desde luego... Me parece que se encontraban en Egipto. Él pertenecía entonces al Servicio Diplomático, me figuro. Estuvieron también en Suecia. Y posteriormente, en las Bermudas, en las Indias Occidentales. El padre desempeñaba el cargo de gobernador u otro por el estilo. Bueno, estas cosas son difíciles de recordar. Se recuerdan mejor las naderías, a veces... Bien. Supongo que mistress Burton-Cox está al llegar. Me pregunto cómo reaccionará esa mujer ante usted.

Poirot consultó su reloj.

—Pronto tendremos ocasión de verlo.

—¿Nos queda algo por hablar? —inquirió mistress Oliver—. Ya le he dicho antes que he terminado con los elefantes.

—¡Ah! Pero pudiera ser muy bien que los elefantes no hubiesen terminado todavía con usted.

Sonó de nuevo el timbre de la puerta. Mistress Oliver y Poirot intercambiaron una mirada.

—Aquí está —dijo ella.

Mistress Oliver abandonó la estancia. Poirot oyó un rumor de conversación. Seguidamente, regresó mistress Oliver, precedida por la figura más bien maciza de mistress Burton-Cox.

—¡Qué piso tan bonito tiene usted! —exclamó ésta—. Ha sido muy amable al concederme unos minutos de su valioso tiempo. He venido a verla con mucho gusto.

Sus ojos se detuvieron en Hércules Poirot. En su cara se dibujó una expresión de sorpresa. Por un momento, la mirada de mistress Burton-Cox fue desde el piano que había junto a una ventana a la figura del hombre y desde éste a aquél. Mistress Oliver pensó que la visitante acababa de tomar a Poirot por un afinador de pianos. Se apresuró a quitarle de la cabeza esta idea.

—Deseo presentarle a monsieur Hércules Poirot —dijo.

Poirot avanzó hacia mistress Burton-Cox, inclinándose sobre su mano.

—Le tengo por la única persona capaz de ayudarle... Me refiero a lo que el otro día me preguntó, relacionado con mi ahijada, Celia Ravenscroft.

—¡Oh, sí! He de darle las gracias por acordarse de eso. Abrigué desde un principio la esperanza de que pudiera ampliar mis conocimientos sobre el caso.

—No me ha sonreído la suerte, a decir verdad —contestó mistress Oliver—. Por tal motivo, rogué a monsieur Poirot que hablara con usted. Monsieur Poirot es un hombre maravilloso, una de las figuras más destacadas dentro de su profesión. Me sería imposible enumerar todos los amigos míos a quienes él ayudó. Tampoco soy capaz de relacionar los muchos enigmas que ha esclarecido.

Mistress Burton-Cox escuchó este breve discurso en silencio. Intentaba, evidentemente, hacerse cargo de la situación. Mistress Oliver le indicó una silla, diciéndole:

—¿Qué va usted a tomar? ¿Una copita de jerez? Es demasiado tarde para un té, desde luego. ¿O prefiere un cóctel?

—Una copa de jerez, muchas gracias.

—¿Monsieur Poirot?

—Yo, lo mismo.

Mistress Oliver se sintió íntimamente agradecida por el hecho de que él no hubiera pedido *sirop de cassis* o uno de sus predilectos jarabes. Colocó sobre la mesa tres copas y una botella.

—He indicado ya a monsieur Poirot, en líneas generales, la investigación que usted desea que sea llevada a cabo.

—Perfectamente —contestó mistress Burton-Cox.

Parecía vacilar. No estaba segura de sí misma. Esto no era lo normal en ella.

—La gente joven resulta muy difícil de manejar hoy —dijo a Poirot—. Nosotros habíamos planeado muchas cosas buenas para el futuro, pensando en ese hijo. Y luego, ha surgido esa chica, una chica encantadora, la ahijada de mistress Oliver, como ya sabrá usted. Bueno, nunca se sabe... Quiero decir que estas amistades nacen de pronto y a menudo duran poco. Siempre es conveniente conocer detalles sobre las personas con quienes se puede emparentar. Hay que saber algo sobre las familias. ¡Oh! Ya sé, ya sé que Celia es una chica de buena cuna y todo lo demás. Pero..., ¡como hubo aquella tragedia! Un pacto de suicidio, como se dijo. Pero nadie ha sabido decirme todavía qué fue lo que llevó a aquellas dos personas a tan desesperada decisión. No tengo amigos que tuviesen relación con los Ravenscroft, de manera que me ha resultado imposible hacerme con ideas. Me consta que

Celia es una chica excelente, pero a mí me gustaría ampliar mis conocimientos, saber más.

—A juzgar por lo que me ha comunicado mistress Oliver, usted ha concretado mucho su petición. Efectivamente, lo que desea saber es...

Medió la famosa escritora mistress Oliver en la conversación.

—Usted me dijo que lo que le interesaba averiguar era si el padre de Celia disparó sobre su madre, suicidándose a continuación, o bien si la iniciativa corrió a cargo de ella.

—Yo estimo que no es lo mismo una cosa que otra, que queda marcada una gran diferencia —declaró mistress Burton-Cox.

—Un punto de vista interesantísimo el suyo, mistress Burton-Cox —comentó Poirot.

No pretendía animarla precisamente.

—¡Oh! Hay que tener en cuenta el fondo emocional del asunto, los acontecimientos determinantes del hecho. Dentro del matrimonio, hay que pensar en los hijos, en los hijos que han de venir, quiero decir. La herencia representa mucho. Lo que heredamos de nuestros padres hace más que el medio ambiente... Eso conduce a la formación del carácter y entraña graves riesgos, con los que nadie desea enfrentarse.

—Es verdad —comentó Poirot—. Quienes se enfrentan con tales riesgos son los que han de tomar la decisión final. Su hijo y esta joven son los que han de pronunciarse por último.

—¡Oh! Ya lo sé. Lo sé muy bien. Sé perfectamente que a los padres no nos está permitido escoger, que ni siquiera nuestro consejo es solicitado. Pero a mí me gustaría estar informada sobre el particular, estar enterada de determinados detalles. Si usted cree poder emprender una investigación... ¿Es ésta la palabra que ustedes usan? Bien. Adelante. Quizá me esté mostrando demasiado exagerada como madre, ¿no? Me preocupo demasiado, tal vez. Bueno, las madres somos todas así.

Mistress Burton-Cox soltó una leve risita, inclinando la cabeza a un lado.

De pronto, consultó su reloj de pulsera.

—¡Dios mío! Es muy tarde ya para mí. Estoy citada con otra persona. Tengo que dejarles ya. Lamento mucho, mistress Oliver, tener que irme tan pronto, pero ya sabe lo que suele pasar... Esta tarde fue desesperante poder tomar un taxi. Uno tras otro, pasaron junto a mí varios, sin hacerme el menor caso sus conductores. Poco a poco, todo va resultando cada vez más difícil. Me imagino, monsieur Poirot, que mistress Oliver tiene su dirección.

—Le daré a conocer mis señas —contestó aquél, sacando una tarjeta de su cartera y entregándosela a mistress Burton-Cox.

—¡Ah! Muy bien. Monsieur Hércules Poirot... Es usted francés, ¿no?

—Soy belga.

—¡Ah, sí! Bélgica... Sí, sí. Comprendido. Me siento encantada de haberle conocido y espero mucho de su gestión. ¡Oh!, tengo que irme en seguida, y cuanto antes lo haga, mejor.

La mujer estrechó afablemente la mano de mistress Oliver.

Saludó a Poirot y abandonó la estancia. Unos segundos después se oía el ruido de la puerta del vestíbulo, al cerrarse.

—Bueno, ¿qué opina usted de esto? —inquirió mistress Oliver, mirando atentamente a Poirot.

—¿Y usted?

—Mistress Burton-Cox ha emprendido la huida. Ha huido, sí. Usted, monsieur Poirot, de una manera u otra, la ha asustado.

—En efecto —declaró Poirot—. Estimo que su interpretación es correcta.

—Ella quería que le preguntase ciertas cosas a Celia; deseaba conocer algún secreto del que la sospechaba depositaria. Pero, en cambio, no quería que se montase una investigación en regla, ¿verdad?

—Comparto su opinión —dijo Poirot—. Esto es interesante. Muy interesante. Yo diría que es una mujer acomodada.

—Desde luego. Viste bien. Su casa está enclavada en un distrito residencial elegante... Mistress Burton-Cox es una mujer activa, enérgica. Forma parte de numerosos comités. Nada hay de misterioso en su persona. He pedido informes a varias personas. No cae simpática a la gente. Pero se mete en todo, se ocupa de política. En fin, no para.

—Entonces, ¿qué puede haber de raro en ella? ¿O todo se reduce a que a usted no le resulta agradable, como tampoco lo es a mis ojos?

—Yo creo que oculta algo...

—Indudablemente, se trata de alguna cosa que ella no quiere que se sepa —afirmó Poirot.

—¿Y va usted a hacer lo posible por descubrirla? —inquirió mistress Oliver.

—Si puedo, sí —contestó Poirot—. Puede que no resulte fácil. Mistress Burton-Cox ha emprendido la retirada. Empezó a batirse en retirada al separarse de nosotros. Temía las preguntas que pudiera hacerle yo. Sí. Esto es interesante. —Poirot suspiró—. Habrá que volver la mirada atrás, madame. Tendremos que retroceder en el tiempo más de lo que en un principio nos figuramos que iba a ser necesario.

—¿Otra vez?

—Sí. En más de una ocasión es preciso conocer datos del pasado para poder centrarse luego en lo sucedido... ¿De qué se trata esta vez? De ver lo que pasó quince, veinte años atrás, en una casa llamada Overcliffe. Sí. Es necesario este regreso al pasado.

—Bien —contestó mistress Oliver, resignada—. ¿Qué es esto? ¿Qué significa esta lista?

—Gracias a los archivos policíacos me he procurado cierta información sobre lo que fue hallado en la casa. Usted recordará que, entre otros efectos, se encontraron cuatro pelucas.

—Sí —manifestó mistress Oliver—. Usted comentó que eran demasiadas pelucas para una sola mujer.

—Desde luego —confirmó Poirot—. Me he hecho también de unas cuantas direcciones útiles. Poseo las señas de un doctor entre ellas.

—¿De un doctor? ¿Se refiere usted al médico de la familia?

—No, no es el médico de la familia. Hablo del que declaró en la vista referente a un niño que sufrió un accidente, originado por otro chico, al darle un empujón, o por cualquier otra persona.

—¿Por la madre, por ejemplo?

—Por la madre o por algún hombre o mujer que se encontraban en la casa cuando ocurrió el hecho. Conozco el paraje de Inglaterra en que sucedió eso y el inspector Garroway ha podido localizar al médico, por iniciativa propia y también gracias a la mediación de unos amigos míos periodistas que en su día se interesaron por aquel caso particular.

—¿Y piensa usted ir a verle? Será un anciano, ya...

—No es a él a quien voy a ver, sino a su hijo. Su hijo también es médico, especializado en enfermedades mentales. Es posible que este hombre se halle en condiciones de contarme algo interesante. Hay también en marcha algunas indagaciones sobre la cuestión del dinero.

—¿Qué quiere usted decir?

—Existen diversos detalles que debemos conocer. Cuando pasa algo importante hay que preguntarse quién puede haberlo perdido y quién puede haberlo ganado. A veces, se llega a conclusiones definitivas.

—En ese aspecto, dentro del caso de los Ravenscroft, supongo que se llevarían a cabo todas las averiguaciones pertinentes.

—Sí. Y, al parecer, todo se vio normal. Normales eran los testamentos de los desaparecidos. Muerto uno, el dinero pasaba al otro. La esposa dejaba su dinero al esposo y éste a aquélla. Ninguno de los dos se benefició con la tragedia porque los dos murieron. En consecuencia, los que se beneficiaban eran Celia, la hija, y el hijo, Edward, en la actualidad, según tengo entendido, en una universidad extranjera.

—Por ahí —afirmó mistress Oliver— no sacaremos nada. Los chicos no se encontraban en el lugar del hecho ni pudieron haber tenido relación con él.

—Muy cierto —manifestó Poirot—. Hay que volver atrás, remontarse más y más en el tiempo, estudiar si existió algún móvil de tipo financiero, o algo significativo, aunque sea de otro corte.

—Bueno, no vaya a pedirme que me ocupe yo de eso —solicitó mistress Oliver—. No estoy cualificada para esa tarea. No veo ya, además, la manera de abordar de nuevo a mis elefantes con provecho.

—No piense en ello. Lo que sí vería yo conveniente es que se centrase en la cuestión de las pelucas.

—¿En las pelucas?

—En el detallado informe de la policía que pude consultar se habla de los suministradores de las pelucas, una prestigiosa firma de peluqueros con establecimiento en Londres, en Bond Street. Más tarde, esa tienda se cerró y el negocio fue continuado en otra parte. Dos de los socios de los primeros tiempos siguieron con las mismas actividades, aunque tengo entendido que posteriormente se retiraron. No sé… Yo tengo aquí las señas de uno de los principales peluqueros y se me antoja que estas pesquisas resultarán mejor orientadas si se ocupa de ellas una mujer.

—Yo, ¿no? —inquirió mistress Oliver.

—Sí. Usted.

—De acuerdo. ¿Qué es lo que quiere que haga?

—Vaya usted a Cheltenham, a las señas que le daré. Se entrevistará con una tal madame Rosentelle. Es una mujer que dejó atrás ya la juventud y que fue una hábil elaboradora de adornos para los cabellos. Creo que se casó con un hombre de la misma profesión, un peluquero especializado en los problemas derivados de la calvicie femenina.

—¡Dios mío! ¡Qué encargos me da usted! —exclamó mistress Oliver—. ¿Usted cree que se acordarán de algo?

—Los elefantes disfrutan de una memoria excelente —declaró Hércules Poirot.

—¡Oh! ¿Y a quién se dispone usted a interrogar? ¿Al doctor del que acaba de hablarme?

—Para empezar, sí.

—¿Y qué cree usted que va a recordar el hombre?

—No se acordará de muchas cosas, sin duda —convino Poirot—. Pero es posible que haya oído hablar de cierto accidente. Debió ser un caso notable, que sonara mucho. Tiene que existir mucha información sobre él.

—¿Está usted pensando en la hermana gemela?

—Sí. Por lo que he oído referir en relación con ella, hubo dos accidentes. El primero cuando era una joven madre y vivía en el país, en Hatters Green, me parece. Más tarde, cuando se encontraba en Malasia. Cada uno de esos accidentes se tradujo en la muerte de un niño. Pudiera enterarme de algo acerca de...

—Usted se imagina, según veo, que por el hecho de ser hermanas gemelas, Molly podía haber sufrido alguna deficiencia de tipo mental. Desecho esa hipótesis. En Molly no se veía nada raro. Era afectuosa, muy sensible, muy bonita también... ¡Oh! Era una mujer extraordinariamente agradable.

—Sí, no lo dudo. Por añadidura, parecía ser completamente feliz.

—Era feliz, muy feliz, en efecto. Por supuesto, yo no la traté en los últimos años de su vida, por vivir en el extranjero. Ahora bien, siempre que, de tarde en tarde, recibía una carta suya, pensaba que era muy dichosa.

—Usted no llegó a conocer a la hermana gemela, ¿verdad?

—No. Bueno, creo que estaba... Con franqueza, se hallaba en una institución de no sé qué clase. Es lo que me dijo Molly en las raras ocasiones en que nos vimos. No estuvo en la boda de Molly. Hubiera debido figurar, por lo menos, como dama de honor de la novia.

—He ahí un hecho de lo más extraño.

—No sé qué va usted a sacar de todo eso —declaró mistress Oliver.

—Una información más —contestó Poirot.

Capítulo XIV

EL DOCTOR WILLOUGHBY

Hércules Poirot se apeó del taxi, pagó al conductor, añadiendo una propina, comprobó la dirección en su agenda, sacó de un bolsillo un sobre dirigido al doctor Willoughby, subió por la escalera de la casa y oprimió el botón del timbre. Le abrió la puerta un criado. Al dar su nombre, Poirot fue informado de que el doctor Willoughby estaba esperándole.

Entró en una pequeña habitación, amueblada con mucho gusto, una de cuyas paredes quedaba oculta tras una estantería repleta de libros. Frente a la chimenea había dos sillones y en medio de ellos una mesita con algunos vasos y copas, aparte de un par de botellas.

El doctor Willoughby se puso en pie para saludar a su visitante. Era un hombre de edad situada entre los cincuenta y los sesenta años, delgado, de frente muy despejada, de oscuros cabellos y penetrantes ojos grises. Estrechó la mano de Poirot y le señaló el sillón libre. Poirot le entregó la carta.

—¡Oh, sí!

El doctor abrió el sobre y leyó la carta, que luego dejó a un lado, sobre la mesita. Después, fijó la mirada con evidente interés en Poirot.

—El inspector Garroway y un amigo mío del ministerio del Interior me han rogado que le atendiera en el asunto que le interesa —dijo el doctor.

—Es un gran favor el que solicito de usted. Existen razones que lo hacen importante para mí.

—¿Es importante para usted al cabo de tantos años como han pasado?

—Sí. Naturalmente, ya me hago cargo de que después de tanto tiempo puede haber olvidado ciertos detalles...

—No crea. Todo eso queda compensado por el interés que me inspiran determinados sectores de mi actividad profesional.

—Tengo entendido que su padre fue una autoridad, un gran especialista.

—En efecto. Había elaborado diversas teorías. Algunas de ellas quedaron probadas y fueron aceptadas. Otras no corrieron la misma suerte. Usted, concretamente, se interesa por un caso mental, ¿no?

—Me intereso exactamente por una mujer llamada Dorothea Preston-Grey.

—Sí. Era una mujer muy joven entonces. Yo ya seguía los trabajos de mi padre, aunque mis teorías y las suyas no estuvieron siempre de acuerdo. Llevó a cabo una labor notable y yo trabajé en colaboración con él en muchas ocasiones. Dorothea Preston-Grey había de convertirse después en mistress Jarrow, ¿no?

—Sí. Era una de las dos gemelas del apellido citado —señaló Poirot.

—Por aquellos días, la atención de mi padre se centraba en ese campo particular. Había elaborado un proyecto para estudiar las vidas, en general, de algunas parejas de hermanos gemelos. El estudio afectaba a los gemelos criados en el mismo ambiente y a los que, por ciertas circunstancias de la vida, se desarrollaban en medios distintos. Había que ver en qué quedaba su semejanza, en qué forma resultaban similares las cosas que les sucedían. Veíase cómo dos hermanas, o dos hermanos, casi siempre separados, acababan viviendo las mismas experiencias. El proyecto resultaba extraordinariamente interesante. Ahora, me parece que ésa no es la cuestión que usted aspira a desentrañar.

—No —manifestó Poirot, sencillamente—. Quiero referirme a un caso. Es decir, me intereso por una parte de él, relacionada con el accidente sufrido por un niño.

—Eso fue en Surrey, creo. Una zona agradable, preferida por mucha gente. Me parece que no queda muy lejos de Camberley. Mistress Jarrow era una joven viuda en aquella época y tenía dos hijos pequeños. Su esposo había fallecido hacía poco en un accidente. A consecuencia de eso, ella…

—¿Sufrió alguna perturbación mental? —inquirió Poirot.

—No. No se pensó en eso. Ella se sintió profundamente afectada por la muerte de su esposo. Según su médico, no se recobraba satisfactoriamente del fuerte choque emocional experimentado. No le agradaba aquella larga convalecencia y ella hacía muy poco para avanzar. Observaba en mistress Jarrow unas reacciones extrañas. Lo cierto es que el médico quiso consultar el caso con un colega y llamó a mi padre.

»Mi padre entendió que aquella situación podía entrañar algunos peligros y propuso su internamiento en una clínica, donde pudiera ser especialmente observada y atendida. La cosa fue peor tras el accidente del niño...

»De acuerdo con el relato de mistress Jarrow, una chiquilla atacó al pequeño, cuatro o cinco años menor que ella, golpeándole con una azada o una pala, haciéndole caer en un estanque del jardín en que se hallaban, donde el niño se ahogó.

»Bueno, como usted sabe, estas cosas se dan entre las criaturas. Más de una vez, un niño ha empujado en dirección a un estanque el cochecillo de un bebé en un arrebato de celos, diciéndose: "Mamá estaría más tranquila si Edward o Donald o quien sea, no estuviese aquí", o bien "Ella se encontrará más a gusto". Son acciones inspiradas por los celos. Sin embargo, en ese caso no fueron éstos la causa. Aquella criatura no había lamentado el nacimiento de su hermano. Por otra parte, mistress Jarrow no había querido aquel segundo hijo. Su esposo, en cambio, habíase mostrado contento. Ella se había puesto en contacto con dos médicos con el fin de abortar, pero no pudo lograr su propósito, ya que ninguno se avino a sus deseos. Por entonces, aquélla era una operación ilegal. Uno de los criados, y también un muchacho que se había presentado en la casa para entregar un telegrama, afirmaron que había sido una mujer quien atacara al niño y no la chiquilla. Otro de los servidores declaró sin rodeos que la agresora había sido su señora, manifestando haber presenciado la escena, ya que se hallaba asomado a una ventana. Luego, añadió: "No creo que esa mujer se dé cuenta de lo que hace en la actualidad. No es responsable de sus actos. Desde la muerte del señor no ha vuelto a ser la misma de antes".

»No sé qué es concretamente lo que desea usted saber sobre el caso. El veredicto fue de accidente. Simplemente: los niños habían estado jugando, habían estado empujándose unos a otros, forcejeando, etcétera. Indudablemente fue un desgraciado accidente. La cosa quedó así. Pero mi padre, al ser consultado, tras una conversación con mistress Jarrow, a la que sometió a diversos tests e interrogatorios, la consideró personalmente responsable de lo sucedido. De acuerdo con su consejo, se imponía un tratamiento en regla para atacar aquel trastorno mental.

—¿Y dice usted que su padre estaba completamente seguro de su culpabilidad?

—Sí. Había una escuela de tratamiento en aquella época que fue muy popular, en la que mi padre creía. Sosteníase entonces que tras un tratamiento adecuado, que duraba a veces largo tiempo, un año o más, la gente podía volver a llevar una existencia normal. El paciente podía regresar a su hogar, siempre y cuando disfrutara en él de atención familiar y médica. Primeramente, se registraron casos enfocados con éxito, pero luego se conocieron otros que fueron completos fracasos. Había pacientes que, inmersos nuevamente en el ambiente habitual, junto al esposo o la esposa, junto a los padres, sufrían recaídas que desembocaban en la tragedia o en el amago de tragedia.

»Mi padre se enfrentó con amargura con uno de estos últimos casos. Una mujer abandonó el centro sanitario en que estuviera algún tiempo para reunirse con la amiga con quien había estado viviendo anteriormente. Todo parecía marchar bien, pero cierto día, al cabo de cinco o seis meses, la enferma llamó urgentemente a un médico. Al presentarse éste en su casa, ella le dijo: "Sé que se va usted a enfadar cuando le muestre lo que he hecho, y también querrá llamar a la policía. Ahora, esto era inevitable... Vi al diablo que se asomaba a los ojos de Hilda. Vi al diablo en ellos y supe en seguida cuál era mi deber. Supe inmediatamente que tenía que matarla."

»La amiga se encontraba en un sillón. Había sido estrangulada. Y después de haberla asesinado, la agresora se había ensañado con sus ojos. Esta mujer murió en un manicomio, convencida de que matando a su amiga había obrado bien, convencida de que así había destruido al diablo.

Poirot movió la cabeza, entristecido.

El doctor continuó hablando:

—Yo considero que Dorothea Preston-Grey era víctima de unos desórdenes mentales que podían dar lugar a acciones peligrosas. Tenía que vivir en lo sucesivo estrechamente vigilada. Esto no era aceptado generalmente en aquella época y mi padre no lo consideró aconsejable. Trasladada a una casa de salud, que reunía excelentes condiciones, se inició con ella un estudiado tratamiento. Y de nuevo, al cabo de varios años, completamente recuperada, abandonó el establecimiento llevando una existencia normal, acompañada por una enfermera que más bien era considerada dama de compañía. Se desenvolvió bien, hizo algunas amistades y posteriormente se fue al extranjero.

—A Malasia —dijo Poirot.

—Sí. Ya veo que está usted bien informado. Se fue a Malasia, a casa de su hermana gemela.

—Y entonces hubo otra tragedia.

—En efecto. Un chico de la vecindad fue objeto de una agresión. Se sospechó de una niñera primero y luego fue señalado de la misma uno de los criados nativos. Indudablemente, sin embargo, todo había sido cosa de mistress Jarrow. No hubo una prueba concluyente, a pesar de todo. Entonces, el general... No recuerdo su nombre ahora...

—¿El general Ravenscroft? —apuntó Poirot.

—Sí, eso es. El general Ravenscroft dispuso lo necesario para que ella volviese a Inglaterra, para someterla a otro tratamiento médico. ¿Era eso lo que quería saber usted?

—Bueno —repuso Poirot—, yo ya sabía algo de lo que acaba de contarme. Mi interés se centra en el caso de las gemelas idénticas. ¿Qué hay acerca de la otra hermana? Me refiero a Margaret Preston-Grey, la mujer que fue más tarde la esposa del general Ravenscroft. ¿Se vio afectada por la misma enfermedad?

—En Margaret Preston-Grey no se observó nada anormal. Estaba perfectamente sana. Mi padre la visitó en una o dos ocasiones porque en varios casos había podido ver que en los hermanos gemelos, los que son idénticos y han estado siempre unidos, las enfermedades suelen ser comunes...

—Continúe, continúe, doctor.

—A veces, entre los hermanos gemelos se produce cierto sentimiento de animosidad. Éste puede degenerar en otro de odio, si media un choque emocional o una crisis.

»Creo que eso pudo darse allí. El general Ravenscroft, siendo un joven subalterno, o capitán, o lo que fuera, se enamoró perdidamente de Dorothea Preston-Grey, que era una bellísima muchacha. La más bella de las dos hermanas realmente... Dorothea correspondió a su amor. No estaban prometidos oficialmente. Pero luego, muy pronto, el general transmitió sus afectos a la otra hermana, a Margaret. O Molly, como la llamaban todos sus familiares. Ésta lo aceptó y se casaron tan pronto lo permitieron los azares de la carrera del joven. Mi padre estaba convencido de que la otra gemela, Dolly, había mirado con malos ojos aquel enlace, por el hecho de continuar enamorada de Alistair Ravenscroft. Sin embargo, se sobrepuso a aquella contrariedad, contrayendo matrimonio con otro hombre en su momento.

»Fue éste un matrimonio feliz, con todo. Luego, Dolly visitó a los Ravenscroft, no solamente en Malasia sino en otro servicio del extranjero y después de haber regresado al país. Aparentemente, se había restablecido de nuevo, no sufría perturbación mental alguna y vivía con una enfermera de toda confianza y varios servidores.

»Creo (es lo que me dijo mi padre) que lady Ravenscroft,

Molly, siguió sintiéndose muy apegada a su hermana. Adoptaba en relación con ella una actitud más bien protectora. Exteriorizaba a menudo sus deseos de ver a Dolly con más frecuencia, pero el general Ravenscroft no se mostraba tan animado como ella en este sentido. Es posible, a mi juicio, que la ligeramente desequilibrada Dolly (mistress Jarrow) siguiera sintiéndose fuertemente atraída por el general. Esto debía crear para él una situación embarazosa, molesta. Margaret pensaría, sin duda, que su hermana había dejado atrás todos los celos del principio o la ira que hubiera podido suscitar en ella su casamiento con su antiguo galán.

—Tengo entendido que mistress Jarrow se encontraba en la casa de los Ravenscroft tres semanas antes del suicidio del matrimonio...

—Es verdad. También ella murió por entonces, en circunstancias trágicas. Sufría ataques de sonambulismo. Abandonaba por las noches su lecho y en una de sus nocturnas e inconscientes excursiones tuvo un accidente, cayendo por un precipicio al que daba un viejo camino. Su cadáver fue hallado al día siguiente... Bueno, estaba malherida, a decir verdad, y creo que falleció en el hospital, sin recobrar el conocimiento. Aquello fue un golpe tremendo para su hermana Molly, pero si quiere conocer mi opinión le diré que esa desgracia no pudo ser la causa de la terrible decisión del matrimonio, máxime si se tiene en cuenta que los dos se llevaban muy bien y vivían felices. El pesar que pueda experimentar una persona por la muerte de una hermana gemela raras veces induce al suicidio. Y menos a un doble suicidio.

—¿Y en el caso de que Margaret Ravenscroft se hubiese considerado culpable de la muerte de Dorothea? —inquirió Poirot.

—¡Santo cielo! ¿No irá usted a sugerir...?

—Cabe la posibilidad de que Margaret siguiese a su hermana y de que luego la empujase...

El doctor Willoughby movió enérgicamente la cabeza, denegando.

—Rechazo por completo tal hipótesis.

—Con la gente, uno no sabe nunca a qué atenerse —declaró Hércules Poirot.

Capítulo XV

EUGENE Y ROSENTELLE, ESTILISTAS DEL CABELLO Y ESPECIALISTAS EN BELLEZA

Mistress Oliver, ya en Cheltenham, miró a su alrededor, haciendo un gesto de aprobación. Era la primera vez que estaba allí. A mistress Oliver le satisfizo mucho ver casas que merecían realmente ese nombre.

Volviendo mentalmente a sus años de juventud, se acordó de algunas personas que habían tenido amigos o parientes que residían en Cheltenham. Habitualmente, se trataba de jubilados del ejército y de la marina. Pensó que aquél era el lugar ideal para refugiarse tras una prolongada estancia en el extranjero. Todo hablaba allí de seguridad, de buen gusto. Era el marco ideal para la charla tranquila y cortés con el conocido o el vecino.

Después de asomarse a los escaparates de un par de tiendas de antigüedades, se dirigió al establecimiento que pretendía visitar, mejor dicho al que la había mandado Hércules Poirot. Entró en él y miró a un lado y a otro. Cuatro o cinco personas se hallaban en manos de unas empleadas que trabajaban en sus cabellos. Una señora rechoncha se apartó de la clienta que estaba atendiendo, acercándose con un gesto interrogante.

—¿Mistress Rosentelle? —preguntó mistress Oliver, consultando una tarjeta—. Ha dicho que podría atenderme si venía esta mañana. Mi consulta no es de tipo profesional, ¿sabe? Me dijo por teléfono que si me presentaba aquí a las once y media podría dedicarme unos minutos.

—Sí. Creo que madame espera a alguien.

La empleada guió a mistress Oliver por un estrecho pasillo. Bajaron unos peldaños y la primera abrió una puerta. Desde el salón de peluquería habían pasado, evidentemente, al hogar de mistress Rosentelle. La empleada dijo ahora:

—Aquí se encuentra la persona que estaba usted esperando.

—La mujer se volvió a mistress Oliver, inquiriendo con cierto nerviosismo—: ¿Qué nombre me ha dado usted?

—Mistress Oliver.

Entró. Mistress Oliver experimentó la impresión de que se adentraba en un gran escaparate. Las cortinas eran rosadas y el papel de las paredes tenía dibujos de rosas. Mistress Rosentelle fue catalogada por la visitante como persona de su misma edad… o tal vez mayor. Había estado saboreando un café en los últimos momentos.

—¿Mistress Rosentelle?

—Sí.

—¿Me esperaba usted?

—Sí, claro. No acabé de enterarme bien del todo de lo que había… Los teléfonos funcionan pésimamente. Viene usted bien. Dispongo de media hora libre. ¿Le apetece una taza de café?

—No, gracias —contestó mistress Oliver—. Quiero retenerla el tiempo estrictamente necesario. Deseo preguntarle algo sobre un asunto del que quizá se acuerde. Lleva usted muchos años, según tengo entendido, en este negocio.

—Muchos, sí. En la actualidad, son las chicas quienes lo llevan, realmente. Yo no suelo hacer nada.

—A veces, sin duda, orientará a su clientela.

—Bueno, eso sí que lo hago —repuso mistress Rosentelle, sonriendo.

El rostro de mistress Rosentelle era agradable y de inteligente expresión. Sus oscuros cabellos aparecían muy bien arreglados. Unos atinados toques grises daban un aspecto elegante a su cabeza.

—Quiero hacerle a usted una pregunta referente a las pelucas…

—Antes trabajábamos con ellas más que ahora.

—Usted estuvo establecida en Londres, ¿no?

—Sí. Primeramente, en Bond Street. Luego, nos trasladamos a Sloane Street. Tras esa experiencia, resulta muy agradable vivir en el campo. ¡Oh, sí! Mi marido y yo nos sentimos muy a gusto aquí. Dirigimos un pequeño negocio y tocamos poco el renglón de las pelucas… No obstante, mi esposo asesora en este terreno a algunos hombres que recurren a él por haberse quedado calvos, suministrándoles las que necesitan. Los cabellos influyen decisivamente en el aspecto personal de la gente y hay profesiones en las que es preciso cuidar ese detalle.

—Ya me lo imagino —repuso mistress Oliver.

Añadió unas cuantas cosas más a propósito de aquello, mientras se preguntaba cómo podía abordar el tema que a ella le interesaba. Experimentó cierto sobresalto cuando mistress Rosentelle, de pronto, se inclinó hacia su sillón, preguntándole:

—Usted es Ariadne Oliver, ¿verdad? ¿La novelista?

—Sí —replicó mistress Oliver, haciendo el gesto habitual en ella en tales circunstancias—. Efectivamente, yo escribo novelas.

—Me gustan mucho sus libros. He leído la mayor parte de ellos. Me complace mucho verla en mi casa. Dígame ahora en qué puedo servirla.

—Bueno, lo que yo quería era hablar con usted de pelucas y referirme a algo que pasó hace muchos años, acerca de lo cual es posible que usted no recuerde nada.

—Pues, no sé... ¿Está usted pensando en las modas de hace ya algún tiempo?

—No. Quiero referirme a una mujer, a una amiga mía (fuimos condiscípulas) que después de casarse se fue a vivir a Malasia, regresando posteriormente a Inglaterra. Hubo una tragedia más tarde y una de las cosas que más sorprendieron a los que investigaron el caso fue que hubiese sido propietaria de varias pelucas. Me parece que le fueron proporcionadas por su firma...

—¿Ah? Una tragedia... ¿Cómo se llamaba su amiga?

—Su nombre de soltera era Margaret Preston-Grey. De casada, lady Ravenscroft.

—¡Oh! Pues sí, sí que me acuerdo de lady Ravenscroft. Me acuerdo de ella perfectamente. Era muy agradable y de buen ver todavía. Sí. Su esposo era coronel, o general, no sé... Cuando él se retiró se fueron a vivir a... no me acuerdo de este detalle.

—Luego se produjo el hecho que todo el mundo consideró un doble suicidio —apuntó mistress Oliver.

—Sí, sí. Recuerdo haber leído algunas informaciones sobre el suceso. Lo comentamos. El periódico que comprábamos entonces habitualmente publicó las fotografías del matrimonio. Yo a él no lo conocía... Pero a lady Ravenscroft la identifiqué en seguida, como clienta nuestra que era. Fue muy triste aquello. Oí decir que ella tenía un cáncer y que no pudiendo abrigar la menor esperanza de curarse, los dos se sintieron desesperados. Esto fue en líneas generales todo lo que supe.

—Ya.

—¿Y qué cree que puedo decirle más sobre el caso?

—Ustedes suministraron las pelucas y la policía consideró que cuatro para una sola persona eran demasiadas pelucas. ¿O quizás es normal que quienes usan estos artificios dispongan de ellas en ese número?

—Lo corriente es que el usuario disponga de dos —contestó mistress Rosentelle—. Una es la que utiliza mientras la otra se halla en manos del peluquero para llevar a cabo alguna reforma o reparación.

—¿Se acuerda usted de la compra por lady Ravenscroft de sus dos pelucas extra?

—No fue ella a la tienda. Creo que había estado enferma o que se encontraba en un hospital. Se presentó en el establecimiento una joven francesa, su dama de compañía, me parece. Una chica muy agradable. Hablaba un inglés perfecto. Dio toda clase de detalles sobre las pelucas que deseaba adquirir, señalando colores de los cabellos y estilos de los peinados. Sí. Es curioso que recuerde eso tan bien. Supongo que será porque un mes más tarde, o mes y medio después, me vino a la memoria su visita con motivo del suicidio. Me imagino que a aquella señora los médicos no le darían esperanzas de recuperación y que a su esposo le horrorizaba la perspectiva de enfrentarse con la vida sin su mujer...

Mistress Oliver movió la cabeza con un gesto de tristeza, tras lo cual prosiguió el interrogatorio.

—Se trataba de pelucas distintas, ¿no?

—Sí. Había una con mechones grises; otra resultaba muy apropiada para fiestas y trajes de noche; otra tenía unos rizos recogidos... Era muy indicada para ser utilizada con sombrero. Lamenté no poder ver a lady Ravenscroft de nuevo. No sólo tuvo el problema de su enfermedad sino también la desgracia de perder a una hermana hacía poco. Una hermana gemela.

—Sí. Las hermanas gemelas suelen quererse mucho, ¿no? —inquirió mistress Oliver.

—Siempre dio la impresión de ser una mujer muy feliz anteriormente a todo eso —comentó mistress Rosentelle.

Las dos suspiraron. Mistress Oliver cambió de tema.

—¿Cree usted que podré encontrar en su establecimiento una peluca que me vaya bien? —preguntó.

—Yo no se la aconsejaría... Tiene usted unos cabellos espléndidos, muy espesos, me parece apreciar... Me imagino... —una leve sonrisa asomó a los labios de mistress Rosentelle— que disfruta ensayando cosas con ellos.

—Es usted muy inteligente. Se da cuenta de todo en seguida. Es verdad: Me gusta variar, hacer experimentos... Se divierte una así.

—Lo mismo le pasa con otras cosas de la vida, ¿eh?

—Sí. Supongo que lo bueno está en no saber nunca lo que va a venir después.

—Conozco esa sensación —manifestó mistress Rosentelle—. Es precisamente la que lleva a muchas personas de una preocupación a otra.

Capítulo XVI

MÍSTER GOBY INFORMA

Míster Goby entró en la habitación, sentándose en la misma silla que de costumbre, que Poirot ya le había señalado. Miró a su alrededor antes de escoger el mueble o parte de la estancia a la que iba a dirigirse. Habíase acomodado, como en ocasiones, anteriores, cerca del radiador eléctrico, apagado en aquella época del año. Míster Goby no se había dirigido nunca en estos casos al ser humano para quien trabajaba. Escogía siempre una repisa, un radiador, el televisor, un reloj y, a veces, una alfombra, en los que centrar su miradas.

De una cartera de mano extrajo varios papeles.

—Bien —dijo Hércules Poirot—. ¿Tiene algo para mí?

—He recogido varios detalles —contestó míster Goby.

Míster Goby era famoso en Londres, en Inglaterra, probablemente, y más allá de sus fronteras, quizá, como suministrador de informaciones. ¿Cómo llevaba a cabo sus continuos milagros? Nadie lo sabía, en realidad. Se valía de unos colaboradores, muy pocos. A veces se quejaba de que sus «piernas», como llamaba a aquéllos, no fueran tan eficientes como en otros tiempos. Pero los resultados de su labor todavía dejaban atónitos a quienes le encargaban algo.

—Mistress Burton-Cox

Pronunció estas palabras como si se hubiese encontrado en lo alto de un púlpito, comenzando una lectura. Igual hubiera podido decir: «Versículo tercero, capítulo cuarto del Libro de Isaías».

—Mistress Burton-Cox —repitió—. Casada con Cecil Aldbury, fabricante de botones en gran escala. Un hombre rico. Desarrolló actividades políticas, siendo miembro del Parlamento de Little Stansmore. Cecil Aldbury murió en un accidente de automóvil cuatro años después de haberse casado. El único hijo del matrimonio murió a consecuencia de un accidente poco más tarde. Los bienes de míster Aldbury pasaron a su esposa. No había tanto dinero como se figuraron algunos por el hecho de que el negocio no había marchado bien en los últimos años.

»Míster Aldbury dejó también una considerable suma de dinero a miss Kathleen Fenn, con la que parecía haber tenido relaciones íntimas, dato completamente desconocido por la esposa. Mistress Burton-Cox continuó con su carrera política. Tres años más tarde adoptaba a un niño dado a luz por Kathleen Fenn. Ésta insistió en que el padre del mismo era el difunto míster Aldbury. A juzgar por lo que he averiguado en el curso de mis indagaciones, eso resultaba bastante difícil de aceptar —declaró míster Goby—, puesto que miss Fenn tenía muchas relaciones. Sus amigos eran, habitualmente, caballeros de sobrados medios, muy generosos...

—Continúe —dijo Poirot.

—Mistress Aldbury, como se la denominaba entonces, adoptó a la criatura. Poco más tarde contrajo matrimonio con el comandante Burton-Cox. Miss Kathleen Fenn, con el tiempo, se convirtió en una actriz de gran éxito. También triunfó en el mundo del pop como cantante. Ganó mucho dinero. Luego, escribió a mistress Burton-Cox, diciéndole que deseaba hacerse cargo de nuevo de su hijo. Ésta se negó a complacerla.

»Según mis informes, mistress Burton-Cox había estado viviendo muy bien después de la muerte de su esposo, el comandante, en Malasia. Él le había dejado dinero suficiente para que no tuviera preocupaciones de tipo económico. Otra información conseguida: miss Kathleen Fenn, que falleció hace unos dieciocho meses, dictó testamento, en virtud del cual toda su fortuna, bastante elevada, pasaba a su hijo natural Desmond, en la actualidad llamado Desmond Burton-Cox.

—Una mujer generosa —comentó Poirot—. ¿De qué murió miss Fenn?

—De leucemia, ha comunicado mi informador.

—¿Y ha pasado ya al joven el dinero de su verdadera madre?

—Entrará en posesión de él cuando cumpla los veinticinco años de edad.

—Se convertirá, pues, en un hombre independiente económicamente, merced a esa inesperada fortuna. ¿Cómo ha marchado últimamente mistress Burton-Cox?

—Sé que no ha tenido mucha suerte en sus inversiones de los últimos tiempos. Dispone de dinero suficiente para ir viviendo, sin hacer muchos dispendios.

—¿Ha hecho testamento Desmond? —preguntó Poirot.

—No conozco ese extremo todavía, pero dispongo de medios para averiguar si se ha dado tal paso. En cuanto conozca el dato con certeza lo pondré en su conocimiento.

Míster Goby se despidió de Poirot con su habitual gesto ausente, dedicando una ligera reverencia al radiador eléctrico.

Una hora y media después, aproximadamente, sonó el timbre del teléfono.

Hércules Poirot tenía delante una hoja de papel en la que estaba haciendo unas anotaciones. De vez en cuando fruncía el ceño y se retorcía las puntas de su bigote, tachaba una frase o una palabra...

Al sonar el timbre del teléfono se apresuró a atender la llamada.

—Gracias —dijo después de escuchar unos momentos a su comunicante—. Esto ha sido rápido. Sí, se lo agradezco. La verdad es que a veces no me explico cómo se las arregla usted para dar con esas cosas... Sí, eso aclara bastante la situación. Da sentido a lo que parecía no tenerlo... Sí... Supongo... Sí, le escucho... De modo que usted cree que ése es el caso. Sabe que fue adoptado... Pero nadie le ha dicho nunca quién era su verdadera madre. Sí... Ya. Muy bien. ¿Piensa usted aclarar el otro punto también? Perfectamente. Gracias.

Después de colgar, Poirot continuó tomando notas. Media hora más tarde, atendió otra llamada.

—Ya he vuelto de Cheltenham —dijo una voz que Poirot identificó en seguida.

—¡Ah, *chère madame*! Ya está usted de vuelta, ¿eh? ¿Ha visto a mistress Rosentelle?

—Sí. Es una mujer muy amable. Y estaba usted en lo cierto. Es otro elefante.

—¿Qué quiere usted decir, *chère madame*?

—Quiero decir que se acordaba de Molly Ravenscroft.

—¿Se acordaba también de sus pelucas?

—Sí.

Brevemente, mistress Oliver explicó a Poirot todo lo que aquella mujer le había contado.

—Sí. Eso está de acuerdo con lo que yo sé, con las manifestaciones del inspector Garroway. Son las cuatro pelucas halladas por la policía. La de los rizos, la más indicada para fiestas o reuniones nocturnas y las otras dos, más corrientes. Cuatro, en total, efectivamente.

—En consecuencia, acabo de proporcionarle una información que usted ya conocía, ¿eh?

—No. Usted me ha dicho algo más. Usted acaba de indicarme que lady Ravenscroft quería disponer de dos pelucas de reserva, sobre las que ya tenía y que eso ocurrió de tres a seis semanas antes de que se produjera el suicidio. Muy interesante. ¿No le parece?

—Todo se me antoja muy natural —declaró mistress Oliver—.

141

Las cosas que una tiene pueden sufrir daños imprevisibles. Las pelucas pueden ser modificadas en lo que se refiere a los peinados, pueden ser teñidas o sufrir alguna quemadura. No creo que sea un disparate disponer de dos de reserva para tales casos… No sé qué ve usted de extraordinario en ello.

—No es que yo me empeñe en ver en ese hecho algo extraordinario. Resulta poco corriente, todo lo más. Lo más interesante es lo que usted ha añadido. Fue una francesa, ¿no?, quien llevó las pelucas para que elaborasen las otras similares.

—Sí. Una dama de compañía, creo… lady Ravenscroft había estado o estaba en un centro sanitario. No se hallaba en condiciones de ir al establecimiento para elegir o dar alguna idea sobre lo que deseaba.

—Comprendido.

—Por esa razón se presentó allí su dama de compañía, la francesa.

—¿Conoce usted por casualidad su nombre?

—No. Me parece que mistress Rosentelle no llegó a mencionarlo. Creo más bien que lo ignoraba. La visita fue anunciada por lady Ravenscroft y la francesa llevó las pelucas para que trabajaran con ellas a la vista, supongo.

—Bien. Esto me sirve para el paso que pienso dar a continuación.

—¿Se ha enterado usted de algo nuevo? —inquirió mistress Oliver—. ¿Ha hecho algo?

—Siempre la noto un poco escéptica cuando se refiere a mí —comentó Poirot—. Usted siempre ha pensado que yo no hago nada, que me limito a reposar sentado en cualquier sillón.

—Bueno, yo creo que cuando se acomoda en cualquier sillón se dedica a pensar —repuso mistress Oliver—. Hay que reconocer, sin embargo, que no es frecuente que usted se decida a salir de casa, a emprender algo.

—En un futuro muy inmediato, es posible que altere mis normas, echándome a la calle e intentando hacer ciertas cosas. Supongo que esto la complacerá. Es posible, incluso, que llegue a cruzar el Canal de la Mancha, si bien no por mar. Me parece que lo indicado es el avión.

—¡Oh! —exclamó mistress Oliver—. ¿Desea que le acompañe?

—No. Pienso que será mejor que haga el viaje solo en la presente ocasión.

—¿De veras que va usted a viajar?

—Sí, sí. Voy a desarrollar una gran actividad. Ya sé que esto será visto por usted, madame, con agrado.

Terminada aquella conversación, Poirot marcó un número que llevaba anotado en una de las páginas de su agenda de bolsillo. En seguida entró en comunicación con la persona a quien deseaba hablar.

—¡Mi querido inspector Garroway! Soy Hércules Poirot. ¿No le molesto? ¿No se encuentra usted muy ocupado en estos momentos? ¿De veras?

—No, no estoy ocupado. Me entretenía limpiando mis rosales —repuso el inspector.

—Quería hacerle una pregunta. Es una pequeñez.

—¿Relacionada con el enigma del doble suicidio?

—Sí, relacionada con nuestro problema. Usted me dijo que en la casa había un perro. Añadió que el animal acompañaba a la familia en sus paseos. Bueno, que al menos eso tenía entendido...

—En efecto. El perro fue mencionado más de una vez durante las investigaciones. El jardinero o el guardián de la casa dijeron que el día del suceso el matrimonio había abandonado la finca en compañía del perro, como de costumbre.

—Al ser examinado el cadáver de lady Ravenscroft, ¿fue descubierta en el mismo alguna señal que pudiera haber sido causada por la mordedura de un perro?

—Me sorprende un poco su pregunta. Creo que no habría reparado en tal detalle si usted no me hace esa consulta. Me parece recordar que se observaron dos cicatrices. Uno de aquellos hombres manifestó que el perro había atacado a su ama más de una vez, si bien estos ataques no revistieron nunca gravedad. Bueno, mire, Poirot, aquí no hubo ningún caso de rabia, si es que piensa en eso. No pudo haber nada de ese tipo. En fin de cuentas, ella murió a consecuencia de un disparo de arma de fuego. Igual que él. No hay por qué pensar en lo que he dicho, ni en un caso de tétanos.

—No es que yo atribuyera la muerte de las víctimas al perro —señaló Poirot—. Simplemente, he reparado en ese detalle.

—Una de las mordeduras era bastante reciente, de una semana atrás, de dos, diría yo. Ella no fue inyectada con ningún suero. La herida se curó bien.

—Me hubiera gustado poder haber visto al perro —manifestó Poirot—. Es posible que fuese un animal muy inteligente.

Después de dar las gracias al inspector Garroway por su información, Poirot colgó, murmurando seguidamente:

—Un perro inteligente. Más inteligente, quizá, que la misma policía.

Capítulo XVII

POIROT ANUNCIA SU PARTIDA

Miss Livingstone hizo pasar al visitante.

—Monsieur Hércules Poirot.

Tan pronto como miss Livingstone hubo abandonado la habitación, Poirot cerró la puerta, sentándose junto a su amiga, Ariadne Oliver.

En voz baja declaró:

—Me marcho.

—¿Qué es lo que piensa usted hacer? —inquirió mistress Oliver, que siempre se sobresaltaba ligeramente ante los métodos especiales empleados por su amigo al pasar una información.

—Me marcho. Me voy de viaje. Voy a tomar un avión para trasladarme a Ginebra.

—¿Qué pasa? ¿Le han dado algún cargo en la UNESCO?

—No. Se trata de una visita privada que pienso hacer.

—¿Dispone de algún elefante en Ginebra?

—Bueno, es lógico que usted mire la cosa así. Tal vez me procure dos allí.

—Yo no he podido hacer más averiguaciones —dijo mistress Oliver—. Ya no sé a quién recurrir.

—Alguien indicó (no sé si fue usted) que su ahijada, Celia Ravenscroft, tenía un hermano menor.

—Sí, me parece que se llama Edward. Lo he visto en muy pocas ocasiones. Recuerdo haber ido a buscarlo al colegio alguna que otra vez. Pero eso, claro, fue hace muchos años.

—¿Dónde se encuentra ahora?

—En una universidad del Canadá, creo. No sé qué estudia allí. ¿Quiere usted ir a verle, para hacerle algunas preguntas?

—No. De momento, no. Me gustaría conocer con exactitud su paradero. Ahora bien, él no estaba en la casa cuando ocurrió la tragedia, ¿verdad?

—No irá usted a pensar que... Bueno, no se le habrá pasado por la cabeza ni por un momento que todo aquello fue obra suya, ¿eh? ¿Quién puede considerarle capaz de disparar sobre sus

144

padres? ¡Oh! Ya sé que los chicos hacen cosas muy raras en la edad crítica...

—No estaba en la casa —indicó Poirot—. Esto lo sé por los informes policíacos.

—¿Ha dado usted con algo nuevo de verdadero interés? Le veo muy excitado.

—Lo estoy, en cierto modo. He dado con cosas que pueden arrojar bastante luz sobre lo que nosotros ya conocemos.

—¿Qué es lo que puede arrojar luz y sobre qué concretamente?

—Me parece que ya sé por qué mistress Burton-Cox la abordó a usted intentando obtener información relativa al episodio del suicidio de los Ravenscroft.

—¿Quiere usted decirme que no era simplemente una entrometida?

—No lo era, seguramente. Creo que hay un sólido motivo tras su actitud. En este punto es donde entra en escena, quizá, la eterna cuestión del dinero.

—¿El dinero? ¿Qué tiene que ver el dinero con todo eso? Ella es una mujer acomodada, ¿no?

—Tiene dinero suficiente para poder ir viviendo, sí. La situación es la siguiente; su hijo, a quien ella mira como propio, sabe que sólo lo es de adopción, pero en cambio ignora todo lo referente a su familia de procedencia. Por lo visto, al llegar a la mayoría de edad, el joven hizo testamento, probablemente apremiado por su madre. Quizás este paso le fuera sugerido por algunos amigos de ella, o por cualquier abogado con quien la mujer hubiese consultado el caso. De todos modos, el muchacho pensó al ser mayor de edad que debía dejárselo todo a su madre de adopción. Evidentemente, en aquella fecha no tenía a ninguna persona más allegada.

—No sé cómo esto puede llevarle a conseguir noticias sobre el doble suicidio... —murmuró en son de duda mistress Oliver.

—¿No? Ella pretendía eliminar la perspectiva del matrimonio. Si el joven Desmond tenía novia, si él se proponía casarse con la chica en un inmediato futuro, como hacen tantos muchachos hoy, no se lo pensaría ni esperaría... En ese caso, mistress Burton-Cox no heredaría el dinero que dejara, puesto que el casamiento invalidaría todo testamento anterior. Evidentemente, si él contraía matrimonio con la chica elegida, haría otro testamento, dejándoselo todo a ella y no a su madre.

—¿Y usted afirma que mistress Burton-Cox se proponía evitar que pasara eso? —preguntó mistress Oliver.

—Ella quería dar con algo capaz de desanimar al joven, de hacerle desistir de casarse. Esa mujer abrigaba la esperanza de que fuese verdad lo que pensaba, que la madre de Celia había matado a su esposo, suicidándose a continuación. Ésta es una de las cosas que en determinadas situaciones pesan lo bastante como para desalentar a un muchacho. Claro, también es una idea profundamente desagradable la de que el hecho hubiese sucedido al revés, es decir, que hubiera sido el padre quien matara a la madre. Indudablemente, estas cosas pesan, ejercen una decisiva influencia en cualquier chico de la edad de Desmond.

—Usted quiere decir que de aclararse la incógnita, de ser el padre un criminal, o la madre, él podía llegar a pensar en la posibilidad de descubrir tendencias agresivas en la chica...

—Lo ha dicho usted de una manera muy cruda, pero bueno, sí, tal era la idea base.

—Sin embargo... Ese muchacho no es rico... Es su hijo adoptivo...

—El joven no sabía una palabra acerca de su verdadera madre. Parece ser que ésta, actriz y cantante conocida, ganó mucho dinero. Bastante. Antes de caer enferma y morir quiso recuperar a su hijo, pero mistress Burton-Cox no accedió a sus pretensiones. Su madre, entonces, decidió disponer lo necesario para que todos sus bienes fuesen a parar a Desmond. Éste entrará en posesión de la herencia cuando cumpla los veinticinco años. A mistress Burton-Cox no le interesaba que el joven se casara. Y de contraer matrimonio, algo que antes o después había de llegar, aspiraba a que se uniera con una joven que mereciera su aprobación, sobre quien pudiera influir siempre en el futuro.

—Sí. Todo eso se me antoja muy bien razonado. Se confirma lo que le dije al principio, ¿eh?, que mistress Burton-Cox no es una mujer agradable precisamente.

—En efecto —declaró Poirot.

—Ya está explicado por qué quiso evitar que usted fuese a verla. Temía que se metiera en sus asuntos, que descubriera lo que llevaba entre manos —dijo mistress Oliver.

—Probablemente —manifestó Poirot.

—¿Se ha informado usted de algo más?

—Pues sí. Hace unas horas me llamó por teléfono el inspector Garroway para tratar conmigo de unas cuantas menudencias. Luego, me interesé por el guardián de la casa y me dijo que era un hombre de muchos años, con una visión defectuosa, de siempre...

—¿Encaja eso en algo del caso?

—Es posible —Poirot consultó su reloj—. Es hora ya de que me vaya.

—¿Va usted ahora al aeropuerto, para tomar su avión?

—No. Mi avión saldrá mañana por la mañana. Hay un sitio, sin embargo, que quiero visitar hoy, un sitio que deseo estudiar directamente. Me espera un coche para llevarme allí...

—¿Qué es lo que quiere usted decir? —inquirió mistress Oliver, curiosa.

—Más que *ver*... lo que quiero es *sentir*. Ésta es la palabra apropiada... Deseo comprobar, además, si identifico lo que siento.

Capítulo XVIII

INTERLUDIO

Hércules Poirot dejó atrás la puerta del cementerio. Echó a andar por una de las estrechas calles del mismo y luego se detuvo junto a un muro cubierto en parte de verde musgo, quedándose con la vista fija en una tumba. Permaneció así unos minutos, mirando primeramente la tumba y después el terreno de las inmediaciones y el mar, a lo lejos. Posteriormente, su atención tornó a concentrarse en la lápida sepulcral. Recientemente, habían sido depositadas unas flores sobre la misma. Tratábase de un ramillete de flores silvestres, como el que podría formar un niño en plena campiña. Pero Poirot no pensaba que hubiera sido una criatura quien dejara aquéllas allí. Leyó las palabras labradas en la gran piedra de mármol.

EN MEMORIA DE

DOROTHEA JARROW
Fallecida el 15 de septiembre de 1960

DE

MARGARET RAVENSCROFT
Fallecida el 3 de octubre de 1960
Hermana de la anterior

DE

ALISTAIR RAVENSCROFT
Fallecido el 3 de octubre de 1960
Su esposo

En la muerte no se vieron separados

———

148

Perdónanos nuestras deudas
Así como nosotros perdonamos
a nuestros deudores.

Señor: ten piedad de nosotros
Cristo: ten piedad de nosotros
Señor: ten piedad de nosotros

———

Poirot estuvo allí unos momentos más. Asintió una o dos veces. Luego, abandonó el cementerio, echando a andar por un camino que conducía a lo largo del acantilado. Finalmente, se quedó plantado en aquél, hablando como si hubiese estado reflexionando en voz alta:

—Ahora estoy seguro de saber qué pasó y por qué. Comprendo la tragedia. Hay que remontarse muy atrás en el tiempo. *En mi fin está mi principio...* ¿O habría que decir esto de otra manera? «¿En mi principio estaba mi trágico fin?» La joven suiza debió de saberlo... Pero, ¿querrá decírmelo? El chico cree que sí. Todo sea por ellos, por la muchacha y el muchacho. Ellos sólo podrán aceptar la vida si están informados...

Capítulo XIX

MADDY Y ZÉLIE

—¿Mademoiselle Rouselle? —inquirió Poirot, inclinando la cabeza, en una leve reverencia.

Mademoiselle Rouselle le tendió la mano. Unos cincuenta años, pensó Poirot. Una mujer bastante enérgica, de las que saben abrirse camino. Inteligente, intelectual, satisfecha, se dijo, de la vida que le ha tocado vivir. Ha gozado de los placeres de la existencia y ha sufrido con resignación los pesares que ésta trae consigo.

—He oído hablar de usted —dijo la mujer—. Usted tiene muchos amigos, tanto en este país como en Francia. No sé exactamente en qué puedo serle útil. Bueno, usted ya me daba algunas explicaciones en la carta que me escribió. Una historia del pasado, ¿verdad? Cosas que quedaron atrás, que han sucedido. Bueno, no exactamente cosas que sucedieron, sino pistas para dar con lo ocurrido hace muchos, muchos años. Pero, siéntese. Sí. En este sillón se sentirá a gusto, espero. En la bandeja hay varios *petit-fours*. Y sobre la mesa una botella.

Mademoiselle Rouselle era amable y natural. No agobiaba a su visitante. Mostrábase serena, pero no indiferente.

—Usted estuvo durante algún tiempo con cierta familia —manifestó Poirot—, con los Preston-Grey. Claro, es difícil que los recuerde…

—¡Oh! Claro que me acuerdo de ellos. Las cosas de la juventud no se olvidan fácilmente. En la casa de que formé parte había una chica y un chico que tendría cuatro o cinco años menos que su hermana. Eran unos chiquillos encantadores. Su padre llegó a general del ejército.

—Había también una hermana.

—Sí, ya me acuerdo. No se encontraba allí a mi llegada. Creo que estaba algo delicada, que no disfrutaba de buena salud. Se hallaba sometida a tratamiento médico no sé dónde.

—¿Se acuerda usted del nombre de pila de la madre de los niños?

150

—Se llamaba Margaret... Lo que no recuerdo es el de la hermana.

—Dorothea.

—¡Ah, sí! He conocido a poquísimas personas con ese nombre. Ahora bien, entre ellas, las dos hermanas utilizaban nombres abreviados: Molly y Dolly. Eran unas gemelas idénticas, ¿sabe?, sorprendentemente iguales. Las dos jóvenes eran muy bonitas.

—¿Se querían las hermanas?

—Se querían mucho, sí... Pero me parece que nos estamos confundiendo, ¿eh? Preston-Grey no era el apellido de los chicos a quienes yo había ido a dar clases. Dorothea Preston-Grey contrajo matrimonio con un comandante... ¡Oh! No puedo recordar su apellido ahora. ¿Era Arrow? No, Jarrow. De casada, el nombre de Margaret era...

—Ravenscroft —puntualizó Poirot.

—Eso es. Sí. Es curioso, ¡hay que ver lo difícil que resulta retener en la memoria los nombres y apellidos! Los Preston-Grey constituían la generación anterior. Margaret Preston-Grey había estado en un *pensionnat* aquí. Después de su matrimonio escribió a madame Benoit, directora del *pensionnat*, preguntándole si conocía a alguien que estuviese dispuesta a ocuparse de sus dos hijos. Entonces, madame Benoit me recomendó a ella. Así fue cómo ingresé en su casa. La otra hermana estuvo allí durante parte del tiempo que estuve con los chicos: una niña que contaría entonces seis o siete años, la cual llevaba un nombre de personaje de Shakespeare: Rosalía o Celia...

—Celia —aclaró Poirot.

—Y el niño solamente tendría tres o cuatro años. Se llamaba Edward. Era un chico sumamente travieso, pero encantador. Me sentí muy feliz con ellos.

—Y ellos se sintieron siempre muy a gusto con usted, he oído decir. Les agradaba que participase en sus juegos... Usted se prestaba siempre a todo.

—*Moi, j'aime les enfants* —declaró mademoiselle Rouselle.

—Creo que la llamaban a usted «Maddy».

La mujer se echó a reír.

—¡Oh! ¡Lo que me gusta volver a oír ese nombre! Despierta en mí muchos recuerdos.

—¿Conoció usted a un chico llamado Desmond, Desmond Burton-Cox?

—¡Ah, sí! Me parece que vivía en una casa vecina, junto a la nuestra. Había allí varios vecinos y los chicos solían juntarse para jugar. Se llamaba Desmond, en efecto, sí. Me acuerdo perfectamente de eso.

—¿Estuvo usted mucho tiempo allí, mademoiselle?

—No. Tres o cuatro años, a lo sumo. Después, tuve que volver a este país. Mi madre se encontraba enferma. Tenía que cuidar de ella. Sabía que no podía durar mucho, no obstante. Y no me equivoqué. Murió un año y medio o dos después de mi llegada. Tras eso, fundé un pequeño *pensionnat* aquí, aceptando chicas ya mayorcitas que deseaban estudiar idiomas y otras cosas similares. No volví a Inglaterra, aunque por espacio de uno o dos años tuve comunicación personal con personas de ese país. Por la Navidad nunca me faltaban las felicitaciones de los chicos.

—¿Le parecieron a usted los Ravenscroft un matrimonio feliz?

—Muy feliz. Y querían mucho a sus hijos.

—¿Descubrió en ellos buenas cualidades personales?

—Sí. Reunían las condiciones necesarias para hacerse dichosos mutuamente.

—Usted ha dicho que lady Ravenscroft quería mucho a su hermana. ¿Correspondía ésta a su cariño?

—Bueno, no dispuse de muchas ocasiones para poder establecer un juicio. Con franqueza: yo pensé que la hermana (Dolly la llamaban) era un caso concreto de perturbación mental. Una o dos veces la vi comportarse de una manera extraña. Era una mujer celosa, creo. Me enteré de que en otro tiempo había sido o estuvo a punto de convertirse en la prometida del general Ravenscroft. Este hombre había estado enamorado primeramente de ella, prefiriendo luego a su hermana, lo cual fue una suerte para el general, ya que Molly Ravenscroft era una mujer completamente equilibrada y sumamente dulce.

»En cuanto a Dolly... A veces pensaba que sentía adoración por su hermana. Otras se me antojaba que la odiaba. Celosa, como he dicho, opinaba que los chicos eran objeto de demasiados mimos. Hay una persona que podría hablarle de estas cosas más ampliamente que yo: mademoiselle Meauhourat. Vive en Lausanne. Estuvo con los Ravenscroft un año y medio o dos después de mi partida, para seguir con ellos durante varios... Más adelante, creo que volvió a la casa en calidad de dama de compañía de lady Ravenscroft, cuando Celia se fue a un colegio, al extranjero.

—Pienso verla. Tengo su dirección —declaró Poirot.

—Conoce, indudablemente, más detalles que yo sobre la familia Ravenscroft. Por otro lado, es una mujer encantadora, en la que se puede confiar. Después, vino la terrible tragedia. Nadie mejor informada que ella. Es muy discreta. Nunca fue muy explícita conmigo. No sé si lo será con usted. Es posible que sí y es posible que no.

Poirot se quedó pensativo un momento, observando atentamente a mademoiselle Meauhourat. Mademoiselle Rouselle le había impresionado. También esta mujer, mucho más joven que la otra, diez años más joven, por lo menos. Era una persona de otro tipo. Veíasela llena de viveza, todavía atractiva, de escrutadores ojos, severa y cortés. «Me encuentro ante una notable personalidad», se dijo Poirot.

—Soy Hércules Poirot, mademoiselle.

—Lo sé. Esperaba verle hoy o mañana.

—¡Ah! ¿Ha recibido usted mi carta?

—No. Su carta no me ha sido entregada todavía. Nuestro servicio de correos no es precisamente un modelo de celeridad. No. Recibí una carta, pero de otra persona.

—¿De Celia Ravenscroft?

—No. La carta a que me refiero ha sido escrita por una persona estrechamente relacionada con la joven. Firmaba la misiva un tal Desmond Burton-Cox. Él fue quien me previno sobre su llegada.

—¡Ah! Es un joven inteligente y no le gusta perder el tiempo, por lo visto. Fue él quien me indicó que debía venir a verla a usted cuanto antes.

—Ya. Ha surgido un problema, creo. Y él desea resolverlo, lo mismo que Celia. ¿Está usted en condiciones de ayudarles?

—Sí. También ellos pueden ayudarme a mí.

—Están enamorados y desean casarse.

—Sí, en efecto, pero han surgido ciertos obstáculos en su camino.

—Creados por la madre de Desmond, me figuro. Es lo que él me ha dado a entender.

—Existen ciertas circunstancias (o han existido) en la vida de Celia que han hecho que la madre del joven no vea con buenos ojos su casamiento con la chica.

—¡Ah! A causa de la tragedia… Porque aquello fue una verdadera tragedia.

—Sí. A causa de la tragedia. Celia es ahijada de una señora a la que no vaciló en dirigirse la madre de Desmond para pedirle que averiguara de labios de la chica las circunstancias verdaderas que rodearon el doble suicidio.

153

—Pero... Eso no tiene sentido —declaró mademoiselle Meauhourat. A continuación indicó a su visitante un sillón—. Siéntese —le dijo—. Por favor, siéntese. Supongo que nuestra conversación va a prolongarse un poco. En efecto, Celia no podía explicar a su madrina... Se trata de mistress Ariadne Oliver, la novelista, ¿verdad? Sí, me acuerdo de ella. Celia no podía facilitar a su madrina la información deseada por la sencilla razón de que no se halla en posesión de ninguna, de carácter reservado, se entiende.

—La muchacha no estaba en la casa cuando ocurrió la tragedia, ni nadie le dio muchas explicaciones sobre el caso, ¿no es eso?

—Naturalmente. Se juzgó que no era procedente.

—¡Ah! ¿Y usted cómo juzgó tal decisión a su vez? ¿La aprobó? ¿La desaprobó?

—Resulta difícil para mí contestarle. Muy difícil, sí. Han pasado años, bastantes, y nunca estuve segura de si se había procedido bien o mal en ese sentido. Celia, por lo que yo sé, nunca ha estado obsesionada con aquel suceso. Quiero decir que jamás ha vivido atormentada por el deseo de saber más acerca de él. Aceptó la desgracia como hubiera podido aceptar un accidente de aviación o de automóvil. Aquello había sido algo que se tradujo en la muerte de sus padres. La muchacha pasó muchos años en un *pensionnat* del extranjero.

—Tengo entendido que el *pensionnat* en cuestión se hallaba regido por usted, mademoiselle Meauhourat...

—Cierto. Hace poco que me retiré. Ahora se ocupa de él una colega mía. Celia me fue enviada y a mí se me indicó que debía buscar para ella un buen centro donde pudiera continuar educándose. Son numerosas las muchachas que llegan a Suiza con ese fin. Hubiera podido recomendarle varios colegios. De momento, la acogí en el mío.

—¿Y Celia no le hizo nunca preguntas sobre el caso, no solicitó información de usted?

—No. Eso fue antes de que ocurriese la tragedia.

—¡Oh! No acabo de comprenderlo.

—Celia llegó aquí varias semanas antes del trágico suceso. Por entonces yo estaba todavía con el general y lady Ravenscroft. Yo cuidaba de ésta. Más que institutriz de Celia, era dama de compañía de su madre. Pero de pronto se dispuso que la chica fuese enviada a Suiza para completar su educación en este país.

—Lady Ravenscroft había tenido algunos quebrantos de salud, ¿no?

—Sí. Nada serio. Pero al principio se figuró que se trataba de algo grave. Había estado mal de los nervios, andaba muy preocupada...

—¿Siguió usted con ella?

—Una hermana mía que vivía en Lausanne recibió a Celia a su llegada, acomodándola en la institución, destinada a albergar solamente unas quince o dieciséis muchachas. Pero allí podía iniciar sus estudios y aguardar mi regreso. Tres o cuatro semanas después, yo estaba de vuelta.

—Pero usted se encontraba en Overcliffe cuando el suceso, ¿no es así?

—Me encontraba en Overcliffe, en efecto. El general y lady Ravenscroft salieron a dar un paseo, como tenían por costumbre. Ya no regresaron de él. Fueron encontrados sus cadáveres. Junto a ellos se halló un revólver. Este revólver era del general Ravenscroft y siempre había estado en un cajón de un mueble de su estudio. En el arma de fuego se localizaron las huellas dactilares de los dos. No hubo manera de averiguar por ellas quién había sido el último en empuñarlo. Evidentemente, se trataba de un doble suicidio.

—¿No descubrió usted nada que le indujera a poner en duda tal veredicto?

—Creo que la policía no vio nada en contra de tal hipótesis.

—¡Ah! —exclamó Poirot.

—¿Cómo? —inquirió mademoiselle Meauhourat.

—Nada, nada. Es que acabo de acordarme de algo.

Poirot escrutó el rostro de su interlocutora. En sus cabellos castaños se veían algunos mechones grises. Grises eran sus ojos. La mujer apretaba firmemente los labios cuando escuchaba. Su faz no denotaba ninguna emoción. Mademoiselle Meauhourat sabía dominarse perfectamente.

—Así pues, ¿no puede usted decirme nada más sobre el caso?

—Creo que no. ¡Ha pasado ya tanto tiempo!

—Se acuerda usted bastante bien de aquella época de su vida.

—En general, sí. Por otro lado, no es fácil olvidar por completo un hecho tan triste como el de la muerte del matrimonio Ravenscroft.

—¿Y usted se mostró de acuerdo en que a Celia no se le debía decir nada sobre las circunstancias que habían dado lugar al suceso?

—¿Es que no le he dicho que yo no podía proporcionarle ninguna información complementaria?

—Estuvo usted viviendo en Overcliffe durante cierto período de tiempo, antes de que ocurriera la tragedia, ¿no? Cuatro o cinco semanas antes, seis, quizá, se encontraba usted allí.

—Mucho antes, en realidad. Yo había sido institutriz de Celia primeramente. Volví luego, después de haberse marchado ella al colegio, para así poder estar con lady Ravenscroft.

—Por entonces estaba viviendo allí la hermana de lady Ravenscroft, ¿no?

—Sí. Había estado durante algún tiempo en un hospital, sometida a tratamiento. Habiendo hecho muchos progresos, los médicos opinaron que le convenía reanudar su existencia normal y que lo que mejor le iría sería el ambiente familiar. Como Celia estaba en el colegio, lady Ravenscroft pensó que era un buen momento para llamar a su hermana.

—¿Se querían verdaderamente las hermanas?

—Resultaba difícil saberlo —contestó mademoiselle Meauhourat, quien había fruncido el ceño, dando a entender que Poirot acababa de sugerirle un tema de gran interés—. Sobre ese particular me hice en su día muchas preguntas… Usted sabe que eran gemelas, idénticas. Existía un lazo entre ellas, un lazo de mutua dependencia y amor. En muchos aspectos eran iguales, sí. Pero había ocasiones en que se mostraban completamente distintas.

—¿De veras? Me agradaría que me explicase eso con más detalle.

—¡Oh! Esto no tiene nada que ver con la tragedia. No, nada de eso… Era como un fallo de tipo físico o mental. Hay gente en la actualidad que sostiene que todo desorden mental tiene su causa física. La clase médica reconoce que los hermanos gemelos se hallan unidos por un firme lazo, por una gran semejanza de caracteres, lo cual quiere decir que, pese a moverse en ambientes distintos, se hallan abocados a vivir las mismas experiencias, dentro de las mismas épocas de sus existencias. Forzosamente, tienden a seguir el mismo camino. Hay casos verdaderamente extraordinarios.

»Citaré el de las dos hermanas gemelas que vivían una en Francia y la otra en Inglaterra. Ambas tenían un perro de la misma raza, escogido en la misma fecha. Casáronse con hombres singularmente parecidos. Dieron a luz un hijo cada una, por la misma fecha, mes arriba, mes abajo. Ambas seguían idéntico camino, pese a hallarse separadas, ignorando mutuamente sus andanzas.

»Luego, está lo opuesto a lo anterior. Viene una especie de repugnancia, casi de odios mutuos. Una hermana se aparta de la otra. Se rechazan como si quisieran romper con tantas semejanzas, con tantas cosas iguales, como si pretendiesen acabar con lo que tienen en común. Eso puede conducir a extraños resultados.

—Sí —confirmó Poirot—. He oído hablar de ello. He tenido ocasión de verlo en la práctica en un par de ocasiones. El amor se convierte en odio fácilmente. Es más fácil odiar cuando se ha amado, más fácil que cuando se arranca de la indiferencia.

—¡Ah! Ya veo que lo sabe —dijo mademoiselle Meauhourat.

—Sí. La realidad lo confirma a cada paso. ¿Era la hermana de lady Ravenscroft igual que ésta? ¿Eran idénticas?

—En sus rasgos físicos, sí. La expresión del rostro, en cambio, resultaba distinta. Se notaba en su faz una tensión no visible en la cara de lady Ravenscroft. Sentía una gran aversión por los niños. No sé por qué. Tal vez hubiera tenido algún aborto en su primera época de casada. Quizás había deseado tener hijos, no logrando después ver cumplida su ilusión. Sí. Los niños le disgustaban profundamente.

—Y eso condujo a un par de graves incidentes, ¿verdad?

—¿Se ha hecho usted con información al respecto?

—He oído referir ciertas cosas a personas que conocieron a las dos hermanas cuando se encontraban en Malasia. Lady Ravenscroft estaba allí, con su esposo. Dolly fue a pasar una temporada con ellos. Hubo un percance con un niño y se dijo que Dolly había sido en parte responsable del mismo. No hubo luego pruebas definitivas, pero creo que el marido de Molly llevó a su cuñada a Inglaterra, viéndose ésta obligada a ingresar una vez más en una casa de salud.

—Sí. Me parece que lo que acaba de decir es un resumen muy atinado de lo que sucedió. Desde luego, mi información tampoco era directa.

—A mí me parece que debe haber muchas cosas que llegó a conocer basándose en observaciones personales, sin intermediarios...

—Si es así, ¿por qué traerlas a colación ahora? ¿No es mejor que las dejemos tal cual fueron aceptadas en su día?

—El suceso de Overcliffe admite varias interpretaciones. Aquello pudo ser un doble suicidio, o un crimen, y algo más... A usted le contaron lo que había pasado, pero yo he deducido de una de las frases que acaba de pronunciar que sabe lo que pasó por apreciación directa. Usted sabe lo que ocurrió aquel día y sabe qué sucedió (o empezó a suceder) algún tiempo antes. Me refiero a la época en que Celia estaba en Suiza, y usted se hallaba todavía en Overcliffe. Quiero hacerle una pregunta. Tengo mucho interés en conocer su respuesta. Quiero conocer su opinión... ¿Cuáles eran los sentimientos del general Ravenscroft hacia aquellas dos hermanas, unas hermanas gemelas?

—Sé muy bien lo que quiere usted decir con esas palabras.

Ahora la mujer cambió de actitud. Ya no se mostraba en guardia, como antes. Se inclinó hacia Poirot. Daba la impresión de sentirse plenamente aliviada al confiar al visitante sus impresiones sobre aquel punto.

—Las dos habían sido unas jóvenes muy bellas —explicó—. Es lo que oí decir a mucha gente. El general Ravenscroft se enamoró de Dolly, la de las perturbaciones mentales. Pese a su desconcertante personalidad, era extraordinariamente atractiva. El general la amó apasionadamente. Después, no sé qué ocurrió. Tal vez se sintiera alarmado al descubrir algún fallo en su cabeza, o bien, simplemente, vio alguna otra cosa que le repugnaba. Es posible que pensara en unos comienzos de locura, en los peligros que encerraba tal situación. Entonces, su cariño se centró en la hermana. Se enamoró de la hermana de Dolly, sí, haciendo de ella su esposa.

—Había amado a las dos, quiere usted decir. No al mismo tiempo, por supuesto. Pero cabe pensar en un auténtico, en un sincero cariño, cada uno en su momento.

—¡Oh, sí! Estaba entregado por completo a Molly. Confiaba por entero en ella y ella en él. El general Ravenscroft era en verdad un hombre sensible, afectuoso, delicado. Todo un caballero.

—Perdóneme —dijo Poirot—, pero, en mi opinión, usted también se hallaba enamorada de él.

—¿Cómo? ¿Cómo se atreve a decirme eso?

—Debo decirle lo que pienso. Entendámonos; yo no sostengo que usted tuviera relaciones íntimas con ese hombre. Nada de eso. Lo único que afirmo es que usted le amaba.

—Pues sí —declaró Zélie Meauhourat—. Le amaba. Todavía le amo, en cierto modo. De nada tengo que avergonzarme. Él me honró siempre con su confianza, me trató con suma cortesía, pero no estuvo jamás enamorado de mí. Es posible amar a alguien, servir a la persona amada y sentirse feliz. Yo no quería más. Sólo aspiraba a merecer su confianza, su simpatía, su afecto sincero...

—Y usted —dijo Poirot— hizo lo que pudo para ayudarle a superar una de las crisis más terribles de su vida. Hay cosas que usted se niega a decirme. Pero hay otras que yo le diré, que he deducido de las informaciones que me he ido procurando... Antes de venir aquí estuve hablando con personas que conocieron no solamente a lady Ravenscroft, no solamente a Molly, sino también a Dolly. Y sé bastantes detalles sobre ésta. Conozco la tragedia de su vida, sé el pesar que sintió, sé lo desdichada que se sintió. Me doy cuenta de cómo puede ser provocada la desgracia en una casa, de cómo se puede suscitar el odio. Si amó al hombre que iba a convertirse en su prometido, al casarse él con su hermana empezó a odiar, quizás, a ésta. Es posible que no la perdonara jamás. Pero, ¿y Molly Ravenscroft? ¿Le disgustaba su hermana? ¿La odiaba?

—¡Oh, no! —exclamó Zélie Meauhourat—. Molly amaba a su hermana. La quería entrañablemente y adoptaba con ella una actitud más bien protectora. Lo sé muy bien. De ella habían partido siempre las invitaciones para Dolly, con el fin de tenerla en casa, a su lado. Quería hacer feliz a su hermana a toda costa, librarla de todo peligro. Dolly era presa de repentinos ataques de ira. Molly se asustaba... Bueno, usted está bien informado. Ya dijo antes que Dolly aborrecía de una manera extraña a los niños.

—¿Quiere decir que aborrecía a Celia?

—No. A Celia, no. Al otro hijo, a Edward. En dos ocasiones estuvo Edward a punto de ser víctima de un accidente. Sé que Molly se alegraba cuando Edward tenía que volver al colegio. Tenía muy pocos años, recuérdelo. Bastantes menos que Celia. Contaría ocho o nueve entonces. Era un ser vulnerable. Molly tenía miedo...

—Sí —contestó Poirot—. Me hago cargo de eso. Ahora, si me lo permite, le hablaré de unas pelucas... Me referiré a la costumbre de usar pelucas. Eran cuatro, en total. Son muchas pelucas, a decir verdad, para una sola mujer. Sé cómo eran, conozco por unas descripciones su aspecto. Sé también que cuando hicieron falta las dos últimas, una dama francesa visitó una tienda de Londres, encargándolas... Debo referirme también a cierto perro. El general Ravenscroft y su esposa se hicieron acompañar el día de la tragedia por aquél. Poco tiempo antes, el animal había mordido a su ama, a Molly Ravenscroft.

—Los perros son así —comentó Zélie Meauhourat—. No se puede confiar del todo en ellos. Sí, lo he visto mil veces.

—Quiero decirle también qué es lo que yo creo que pasó aquel día, qué es lo que sucedió antes, poco antes de que ocurriera la tragedia.

—¿Y si me niego a escucharle?

—Usted me escuchará. Puede ser que diga luego que lo que

yo he imaginado es falso. Puede usted hacer eso, pero no creo que lo haga. He de señalar algo en lo que creo de corazón: lo que se necesita aquí es conocer la verdad. No se trata de imaginar nada, de hacer continuas cábalas. Hay por medio una chica y un joven que se aman, que se enfrentan atemorizados al futuro porque ignoran lo que pasó, preguntándose ella qué pueden haberle transmitido su padre o su madre.

»Estoy refiriéndome a Celia. Celia es una joven rebelde, llena de energía, difícil de manejar, quizá, pero con cerebro, con inteligencia, capaz de luchar por su felicidad, valerosa, pero necesitada de verdades. También hay gente que no puede, que no quiere vivir sin éstas. Y todo porque esas personas saben enfrentarse valerosamente a ellas, sin desmayos… Tal actitud implica otra, de fuerte aceptación, indispensable si se aspira a que la existencia tenga algún significado. Y el joven a quien Celia ama desea todo eso también para ella. ¿Querrá usted escucharme, mademoiselle Meauhourat?

—Sí —repuso Zélie Meauhourat—. Le escucho. Su capacidad de comprensión es muy grande, a mi juicio, y pienso que usted sabe más de lo que yo pude imaginarme en un principio. Hable, hable, monsieur Poirot, que le escucho.

Capítulo XX

ÚLTIMAS INDAGACIONES

Una vez más, Hércules Poirot se asomó al acantilado, contemplando las rocas que tenía a sus pies, contra las que se estrellaba continuamente el oleaje. Allí donde estaba en aquellos instantes habían sido hallados los cadáveres del matrimonio Ravenscroft. Y tres semanas antes de aquella tragedia se había despeñado por aquellas rocas una mujer, en estado de sonámbula, que murió en el acto.

«¿Cuáles fueron las causas de los dos sucesos? —había preguntado el inspector Garroway.»

¿Por qué? ¿Qué era lo que había inducido a aquello?

Primeramente, un accidente… Y tres semanas más tarde, un doble suicidio. Viejos pecados que habían proyectado largas sombras. Un principio que había conducido años más tarde a un trágico fin.

Hoy se reunirán allí ciertas personas. Una chica y un hombre que andaban tras la verdad. Dos personas que sabían la verdad.

Hércules Poirot dio la vuelta, echando a andar por el estrecho camino que conducía a una casa en otro tiempo denominada Overcliffe.

La casa no quedaba muy lejos. Vio unos coches aparcados junto a un muro. Contempló su perfil contra el fondo del firmamento. La casa estaba deshabitada. Se veía claramente. Toda ella necesitaba una buena mano de pintura. Había un letrero junto a la finca anunciando que aquella «hermosa propiedad» se encontraba a la venta. En otro rótulo, la palabra Overcliffe, su antigua denominación, había sido tachada, siendo sustituida por otro nombre: Down House. Poirot salió al encuentro de dos personas que avanzaban hacia él: Desmond Burton-Cox y Celia Ravenscroft.

—Fui a ver al agente de ventas —explicó Desmond—, diciéndole que deseábamos ver la casa. Me dio una llave, por si deseábamos entrar en el edificio. En los últimos cinco años la finca ha cambiado de dueño dos veces. ¿Qué podemos ver en ella ahora que nos diga algo?

—La finca ha pasado por muchas manos, en realidad. Recuerdo ahora dos de los nombres anteriores que llevó: Archer y Fallowfield... Sus últimos propietarios —manifestó Celia— alegaban que era demasiado solitaria. Ya está otra vez en venta. Puede ser que esté embrujada. ¡Quién sabe!

—Pero, ¿es que tú crees en eso? —le preguntó Desmond, sonriendo.

—No, aunque... algo raro debe tener. Han pasado muchas cosas. Y luego, este lugar tan especial.

—Bueno —meditó Poirot—, esta casa fue escenario del pesar y de la muerte, pero sus paredes supieron también del amor.

Por la carretera vecina se deslizaba un taxi.

—Supongo que será mistress Oliver —declaró Celia—. Me dijo que vendría en tren y que en la estación tomaría un taxi.

Del taxi se apearon dos mujeres. Una de ellas era mistress Oliver. Acompañábala una mujer alta, elegantemente vestida. Como Poirot estaba enterado de su inminente llegada, no mostró la menor sorpresa. Observó a Celia, para ver cómo reaccionaba.

La chica lanzó una exclamación, dando un paso adelante.

—¡Zélie! —dijo—. ¿Es usted Zélie realmente? ¡Oh! ¡Qué alegría! No sabía que vendría aquí.

—Me lo pidió monsieur Hércules Poirot.

—Ya... Sí. Supongo que... Pero yo... yo no... —Celia, vacilante, se volvió hacia el apuesto joven que tenía al lado—. Desmond, ¿fuiste tú quien...?

—Sí. Yo escribí a mademoiselle Meauhourat... a Zélie, si ella me permite que continúe llamándola así.

—Los dos podéis llamarme Zélie, como en los viejos tiempos. Tuve mis dudas al emprender este viaje. No sabía si obraba acertadamente. Mis dudas, sin embargo, todavía no se han disipado, pero abrigo la esperanza de haber obrado atinadamente.

—Quiero estar informada —dijo Celia—. Los dos queremos saber a qué atenernos. Desmond se imaginó que usted podría explicarnos algunas de las cosas del pasado.

—Monsieur Poirot fue a verme —declaró Zélie—. Hizo lo que pudo para convencerme de que debía estar aquí hoy.

Celia pasó su brazo por el de mistress Oliver.

—Yo quería que usted estuviese también presente porque fue la persona que lo puso todo en marcha. Entre usted y monsieur Poirot han puesto muchos detalles al descubierto, ¿verdad?

—La gente me contó cosas —contestó mistress Oliver—. Me dirigí a personas que a mi entender podían recordar datos interesantes. Unas se acordaban de mucho y otras de poco. Ciertos recuerdos aparecían claros y ordenados y otros confusos y absurdos. Llegó un momento en que yo no sabía qué hacer ni qué interpretaciones dar a las palabras de mis conocidos. En cambio, monsieur Poirot opina que eso tiene importancia en tales situaciones.

—Naturalmente que sí —corroboró Poirot—. Las habladurías resultan tan interesantes como lo que se considera cierto y verdadero. De una murmuración se deducen hechos, aunque se trata de ideas torcidas o mal enfocadas, que ayudan a veces a dar con la explicación buscada. Todo lo que he conseguido yo se basa en lo que fueron diciéndole, madame, aquellas personas denominadas por usted elefantes... —añadió Poirot, sonriendo.

—¿Elefantes? —inquirió mademoiselle Zélie.

—Así las llamaba ella, sí —dijo Poirot recalcando las palabras.

—Los elefantes disfrutan de una memoria excelente —explicó mistress Oliver—. De esta idea partió todo. La gente recuerda cosas del pasado; a los elefantes les ocurre lo mismo. La gente recuerda algo siempre. Yo me enfrenté con una serie de amistades en tales condiciones. Y de cuanto oí di cuenta a monsieur Poirot... A base de mis informaciones, él estableció lo que los médicos llaman un diagnóstico.

—Me hice una lista —señaló Poirot—. Era una lista de datos que parecían apuntar a la verdad de lo sucedido años atrás. Voy a leérsela, para ver si estas notas tienen alguna significación para ustedes. Es posible que algunas las encuentren elocuentes y que otras no les digan nada.

—Yo he deseado saber siempre a qué atenerme —manifestó Celia—. ¿Fue aquello un suicidio o un crimen? ¿Hubo algún personaje desconocido, un intruso, que dio muerte a mis padres? Podía haber alguien que se sintiese impulsado a obrar así por un motivo desconocido, ¿no? Yo siempre pensé en tal posibilidad, o en otra semejante. Es difícil, pero...

—Nos quedaremos aquí —declaró Poirot—. No entraremos en la casa todavía. Ésta ha sido habitada por otra gente y posee una atmósfera distinta. Tal vez pasemos al interior cuando hayamos dado fin aquí a nuestras últimas indagaciones.

Poirot se encaminó a unas sillas situadas en las proximidades de un gran árbol, cerca de la casa. Sacó luego de la cartera una hoja de papel escrita. Entonces, se dirigió a Celia:

—Usted tenía que enfrentarse con ese dilema. Tenía que decidirse por una de las dos cosas: suicidio o crimen.

—En una de ellas tenía que estar la verdad —confirmó Celia.

—Le diré que la verdad radica en ambas... Y que hay algo más. De acuerdo con mi hipótesis, tenemos aquí un suicidio además de un crimen. Contamos, por añadidura, con lo que podría denominarse una ejecución. Y la tragedia. Una tragedia en la que figuran dos personas que se amaban y que murieron por amor. Una tragedia amorosa no tiene por qué estar trazada como la de Romeo y Julieta. No son solamente los jóvenes quienes sufren los tormentos del amor y se hallan dispuestos a morir por él. No. Hay algo aparte de eso...

—No le entiendo —declaró Celia.

—Todavía no, lógicamente.

—¿Cree usted que llegaré a comprenderle?

—Yo me inclino a pensar que sí —continuó Poirot—. Voy a explicarle qué es lo que yo creo que sucedió y le diré cómo he llegado a formular mis pensamientos. Lo primero que me llamó la atención fueron las cosas no explicadas por las pruebas que la policía examinó. Algunas de ellas eran muy corrientes. Ni siquiera merecían el nombre de pruebas, a primera vista. Entre los efectos personales de Margaret Ravenscroft figuraban cuatro pelucas —Poirot repitió estas dos últimas palabras, dándoles mucho énfasis—: *Cuatro pelucas.*

Seguidamente, miró a Zélie.

—No siempre usaba peluca —explicó aquélla—. Recurría a ellas ocasionalmente: cuando viajaba, cuando deseaba arreglarse rápidamente... Con los vestidos de noche solía recurrir siempre a la misma.

—Pues sí —dijo Poirot—. Era la moda de la época. Desde luego, en sus viajes al extranjero llevaba consigo una o dos pelucas. Ahora bien, estamos hablando de que se descubrió que tenía cuatro. Cuatro pelucas para una sola mujer son demasiadas pelucas. Habiéndome extrañado esto, me pregunté *por qué* necesitaría tantas.

»De acuerdo con las manifestaciones de la policía, con la que consulté diversos extremos, aquella mujer no tenía ninguna enfermedad que le hiciera presagiar una calvicie inminente. Sus cabellos eran normales, los normales en una señora de su edad. Pero el detalle continuó preocupándome. Una de las pelucas tenía unos mechones grisáceos, supe luego. Fue su peluquero quien me lo dijo. Otra peluca presentaba unos menudos rizos... Era la que llevaba puesta el día de su muerte.

—¿Quería decir eso algo especial? —preguntó Celia—. Alguna de sus pelucas tenía que llevar, ¿no?

—Claro. El guardián de la casa había dicho a la policía que su señora había utilizado a diario aquella a que acabo de referirme, durante las semanas anteriores al drama. Al parecer, la prefería a las restantes.

—No acierto a ver...

—Al inspector Garroway le oí citar un dicho conocido: «Son los mismos perros con diferentes collares». Esto me dio mucho que pensar.

Celia insistió:

—No comprendo...

Poirot manifestó ahora:

—Teníamos también la prueba del perro...

—¿El perro? ¿Qué es lo que hizo el perro?

—El perro la mordió. Se decía que el animal quería mucho a su ama... Pero la verdad es que en las últimas semanas de su vida, el perro se volvió contra ella más de una vez, causándole un par de serias mordeduras.

—¿Quiere usted decir que el animal sabía que su dueña pensaba suicidarse? —inquirió Desmond.

—No. Se trataba de algo más sencillo...

—Pues no comprendo...

Poirot continuó diciendo:

—El animal sabía algo que los demás parecían ignorar. Sabía que no era su ama. Aquella mujer tenía el mismo aspecto que ésta... El guardián, un hombre que no veía muy bien, que era también un tanto sordo, se enfrentó con una mujer que vestía las ropas de Molly Ravenscroft, así como utilizaba la más identificable de las pelucas de Molly Ravenscroft, la de los pequeños rizos sobre la nuca. El guardián había declarado que la dueña de la casa se había portado de otra manera en el curso de las últimas semanas de su vida... «Los mismos perros con diferentes collares», había sido la frase de Garroway. Y entonces se me ocurrió la idea. Me quedé convencido. La misma peluca... Diferente mujer. El perro lo sabía... Lo sabía gracias a su olfato. Aquélla era otra mujer y no la amaba... Era una mujer que le desagradaba, a la que temía. Y yo pensé: «Supongamos que esa mujer no era Molly Ravenscroft... ¿Quién podía ser? ¿Podía ser Dolly, la hermana gemela?».

—Pero..., ¡eso es imposible! —exclamó Celia.

—No, no era imposible. Recuerde que al fin de cuentas eran gemelas.

»Tengo que referirme a las cosas que me fueron notificadas por mistress Oliver. Fueron aquellas que unas cuantas personas le contaron o le sugirieron. A ella le dijeron que lady Ravenscroft había estado en un hospital o clínica, admitiendo la posibilidad de que le hubiesen hecho saber que padecía un cáncer. Los informes médicos contradecían esto, sin embargo. Podía habérselo figurado, no obstante, pero no era ése el caso.

»Luego, poco a poco fui conociendo la historia de ella y su hermana. Me enteré de que se querían mucho, lo cual es corriente entre los hermanos gemelos. Supe que se comportaban de una manera muy similar, que llevaban los mismos vestidos, que les solían ocurrir las mismas cosas, que caían enfermas por las mismas fechas, que se casaron alrededor de la misma fecha...

»A continuación, como también suele pasar entre los hermanos gemelos, en vez de conducirse de idéntico modo, de deslizarse por el mismo camino, se empeñaron en hacer todo lo contrario. Pretendían ahora diferenciarse. Incluso se separaron, nació entre ellas un evidente desamor. Hubo más, incluso. Anclada en el pasado, existía una razón que justificaba tal conducta.

»Un joven, Alistair Ravenscroft, se enamoró de Dorothea Preston-Grey. Pero más tarde, su amor se centró en Margaret, con quien contrajo matrimonio. Nacieron los celos. Las hermanas se separaron más. Margaret continuaba queriendo a su hermana, pero Dorothea no correspondía ya a su cariño.

»Aquí me pareció que estaba la explicación de muchas y trascendentales cosas. Dorothea era una figura trágica. Por causas accidentales de nacimiento, por determinadas características pertenecientes al misterio de la herencia, fue siempre mentalmente una persona inestable. Desde joven, por razones que no han sido nunca conocidas, sentía una profunda aversión por los niños. Hay muchos motivos para creer que por su intervención se produjo el fallecimiento de una criatura. Las pruebas aducidas no resultaron concluyentes. Pero hubo un doctor que aconsejó que fuese sometida a tratamiento médico. Y permaneció varios años en una casa de salud para enfermos mentales.

»Una vez curada, según el dictamen de los doctores que la atendieron, reanudó su vida normal. Pasaba temporadas en casa de su hermana y estuvo en Malasia cuando el matrimonio Ravenscroft se encontraba allí. Allí también hubo un accidente... Fue protagonista del mismo un chiquillo de la vecindad.

»Tampoco hubo pruebas concluyentes en esta ocasión. Pero, al parecer, Dorothea era la responsable del hecho. El coronel o general Ravenscroft (no sé cuál era su graduación entonces) la trajo a este país, poniéndola en manos de los médicos. También dio la impresión de recuperarse de nuevo transcurrido cierto tiempo. Incorporada a la vida de siempre, Margaret creyó que en lo sucesivo todo iría bien, pensando en la conveniencia de tenerla cerca. De esta manera, si su salud se quebrantaba lo descubriría inmediatamente. No creo que el general Ravenscroft aprobara la decisión de su esposa. Yo creo, en cambio, que juzgaba a su cuñada víctima de una deformación mental congénita, incurable, que tendría manifestaciones periódicas pese a todas las precauciones.

—¿Está usted sugiriendo que fue ella quien mató a los Ravenscroft? —preguntó Desmond.

—No —contestó Poirot—. Mi solución no es ésa. Yo lo que pienso es que Dorothea mató a su hermana Margaret. Cuando paseaban las dos por las inmediaciones de un acantilado de los alrededores, la empujó. Estaba resentida. Odiaba a Margaret, sana, llena de salud. Estaba celosa. El deseo de matar la dominó. Creo que había una persona ajena a la familia, que se encontraba aquí en aquella época y se hallaba al tanto de lo sucedido... Yo me figuro que usted estaba informada, mademoiselle Zélie.

—Sí —repuso Zélie Meauhourat—. Es verdad. Yo estaba aquí por aquellas fechas. Los Ravenscroft andaban preocupados con ella. La habían visto intentar agredir al pequeño Edward. Éste fue enviado al colegio. Celia y yo nos fuimos a mi *pensionnat*. Volví aquí después de haber dejado a Celia debidamente instalada.

»Desaparecieron los motivos de preocupación anteriores. En la casa sólo quedaron las dos hermanas, el general Ravenscroft y yo. Y un día pasó aquello... Margaret y Dorothea salieron juntas. Dolly regresó sola. Parecía estar muy nerviosa. Entró en la casa y se dejó caer en un sillón. Fue entonces cuando el general Ravenscroft se dio cuenta de que tenía la mano derecha manchada de sangre. Le preguntó si se había caído. Dolly le contestó que no era nada, nada en absoluto, que, simplemente, se había hecho un arañazo en un rosal. Pero en el sitio en que había estado no había ningún rosal. La respuesta nos dejó preocupados.

»El general Ravenscroft decidió emprender una pequeña exploración y yo le seguí. Mientras caminábamos no cesaba de repetir: "Algo le ha pasado a Margaret. Estoy seguro de que algo malo le ha ocurrido a Molly".

»La encontramos en un saliente rocoso, acantilado abajo. Se había causado una infinidad de heridas al despeñarse. Se había desangrado, casi. De momento, no supimos qué hacer. No nos atrevíamos a moverla. Pensamos que debíamos ir en busca de un médico inmediatamente. Pero de pronto, Margaret se aferró al brazo de su marido.

»"Sí —dijo, haciendo un gran esfuerzo—. Fue Dolly... No se daba cuenta... Obraba inconscientemente, Alistair. No se le puede castigar. Dolly no fue jamás consciente de sus actos; no ha sabido nunca el porqué de ellos. No puede evitarlos. No ha podido evitarlos nunca. Tienes que hacerme una promesa, Alistair... Creo que voy a morir. No... No disponéis de tiempo para llamar a un médico. Moriré antes. He estado desangrándome. No puedo más... Prométemelo, Alistair. Prométeme que la salvarás. Prométeme que no será juzgada como una criminal, que no se verá en una prisión hasta el fin de sus días. Escóndeme donde sea, donde mi cuerpo no pueda ser encontrado. Por favor, por favor... Es lo último que te pido. Recuerda que eres la persona que más he querido en este mundo. Siento que voy a morir... Pude arrastrarme un poco, pero no fue posible hacer más. Promételo... Y tú, Zélie, tú también me quieres. Lo sé. Me has querido siempre, has sido muy buena conmigo, has cuidado de mí. Amas a mis hijos... Tú también debes contribuir a salvar a Dolly. Tenéis que salvar a la pobre Dolly. Por favor, por favor. Por todo el amor que nos profesamos, Dolly debe ser salvada."

—¿Y qué hicieron ustedes luego? —inquirió Poirot—. Seguramente, entre los dos...

—Sí. Molly murió a los diez minutos de haber pronunciado aquellas palabras. Y yo le ayudé... Ayudé al general Ravenscroft. Le ayudé en la tarea de ocultar su cuerpo. Fue en el mismo precipicio, en una hondonada. Cubrimos el cadáver de Molly lo mejor que pudimos, con tierra, piedras... No había ningún sendero que condujera hasta aquel lugar. Había que arrastrarse...

»Alistair murmuraba: "Se lo prometí... Le di mi palabra. No sé cómo voy a conseguirlo, no sé qué puedo hacer para salvarla. No lo sé, pero...".

»Lo conseguimos, con todo. Dolly se encontraba en la casa. Estaba asustada, desesperada, llena de mil temores... Pero al mismo tiempo se mostraba horriblemente satisfecha. Y dijo: "Siempre comprendí que Molly había sido la encarnación del espíritu del mal. Ella te apartó de mí, Alistair. Tú eras mío... Pero Molly te apartó de mí y logró que te casaras con ella. Yo sabía que alguna vez haríamos las paces, que quedaríamos en paz. Lo supe siempre, sí. Pero ahora tengo miedo. ¿Qué van a hacerme? ¿Qué dirán todos? Me encerrarán de nuevo. No podré soportarlo. Me volveré loca. No puedes consentir que me encierren. Me sacarán de aquí y dirán que he cometido un crimen. No fue un crimen. Tenía que hacerlo. Algunas veces me siento impulsada a hacer ciertas cosas. Quería ver la sangre, ¿sabes? Pero no pude esperar a verla morir. Huí. Yo sabía, sin embargo, que moriría. Abrigaba la esperanza de que no la encontrases. Se cayó por el acantilado. La gente dirá que fue un accidente".

—Es una historia horrible —murmuró Desmond.

—Sí —dijo Celia—. Es una historia horrible, pero es mejor conocerla. Es mejor así, ¿no? Ahora sé con toda certeza que mi madre fue siempre una mujer dulce, buena. Jamás anidó la maldad en ella... Y ya sé por qué mi padre no quiso casarse con Dolly. Quiso casarse con mi madre porque la amaba en primer lugar y porque había descubierto, seguramente, los desequilibrios de su hermana gemela. Pero, ¿cómo se desenvolvieron los dos? —preguntó, dirigiéndose a Zélie.

—Dijimos muchas mentiras —repuso aquélla—. Esperábamos que el cadáver no fuese encontrado, de momento. Más tarde, pensamos, al amparo de la noche, lo dispondríamos todo para que se pensase que Molly había caído al mar. Se nos ocurrió la idea del sonambulismo. Lo que teníamos que hacer era muy simple.

»Alistair me dijo: "Todo esto es terrible. Pero prometí a Molly, se lo juré en el momento de morir, que haría lo que me pidió... Hay una manera de salvar a Dolly. Basta con que ésta haga las veces de Molly. No sé si será capaz de eso".

»—¿Qué es lo que tiene que hacer? —le pregunté.

»—Fingirá ser Molly. Hará ver que fue Dorothea quien se despeñó al estar sonámbula, hallando la muerte.

»Antes de nada, nos llevamos a Dolly a una casa deshabitada, donde permanecí con ella varios días. Alistair dijo que Molly había sido llevada a una clínica, para justificar la ausencia. Señaló que la desgracia de la hermana la había afectado tanto que necesitaba atención médica. Luego, volvimos con Dolly... que regresaba como Molly, que llevaba encima las ropas de Molly, la peluca de Molly, que hice de otras pelucas, como la de los rizos, que la disfrazaba muy bien. El guardián de la casa andaba bastante mal de la vista. Molly y Dolly habían sido unas gemelas casi idénticas; sus voces también se asemejaban. Todo el mundo aceptó a Dolly como si fuera Molly. Admitieron, sí que se comportaba de una manera un tanto extraña, pero esto era atribuido al golpe que había sufrido. Todo parecía completamente natural. Era lo más terrible de aquello...

—Pero, ¿cómo pudo mantenerse la cosa así? —preguntó Celia—. Debió resultar muy difícil...

—Pues no. A ella no le fue difícil…. Fíjense en que ahora tenía lo que había deseado siempre. Tenía a su lado a Alistair…

—Sin embargo, Alistair…, ¿cómo podía soportarla?

—Alistair me habló… fue el día en que lo dispuso todo para que yo regresara a Suiza. Me indicó lo que tenía que hacer yo y lo que él pensaba llevar a cabo.

»He aquí sus palabras d entonces, aproximadamente: "Sólo me queda una salida… Prometí a Margaret que Dolly nunca caería en manos de la policía. Le prometí que nunca se sabría que había cometido un crimen, que los chicos no sabrán nunca que su tía fue culpable de un asesinato. Nadie tiene por qué saber lo que hizo Dolly. Ella, dormida, se despeñó por un acantilado, un triste accidente. Será enterrada en el cementerio, con su nombre".

»—¿Cómo va usted a conseguir eso? —inquirí. No acertaba a comprenderlo.

»—Voy a hacer una cosa de la que usted debe estar informada —me respondió él. Y añadió—: Dolly no puede continuar viviendo como si no hubiese pasado nada. Cuando se halle cerca de los chicos, éstos se encontrarán en peligro, atentará contra ellos. Tiene usted que hacerse cargo, Zélie… Por lo que voy a hacer, tengo que pagar con mi propia vida… Seguiré viviendo aquí durante unas semanas más, junto a Dolly, representando el papel de esposo… Y luego, habrá otra tragedia…

»No comprendí lo que quería decirme. "¿Otro accidente? —le pregunté—. ¿Un caso de sonambulismo de nuevo?" Y él repuso: "¿No. Lo que la gente sabrá es que yo y Molly nos hemos suicidado… Supongo que no se descubrirá nunca la razón. Todos se imaginarán que ella estaba convencida de padecer un cáncer… ¡Pueden sugerirse tantas cosas! Pero… tiene usted que ayudarme, Zélie. Usted es la única persona que me quiere, que quería a Molly, que ama a los niños. Si Dolly ha de morir, yo soy quien ha de intervenir en eso. No sufrirá, no la asustaré. Dispararé sobre ella y luego volveré el arma contra mí. Serán descubiertas sus huellas dactilares en el revólver porque lo tuvo en sus manos no hace mucho tiempo. También se hallarán las mías, naturalmente. Es preciso hacer justicia y yo debo ser ejecutor de la misma. Lo que yo quiero que usted sepa es que amé a las dos hermanas. A Molly la quise más que a mi vida. Mi cariño por Dolly arranca de las tristes circunstancias en que se ha desarrollado su existencia, por culpa de un trastorno mental congénito, del que no es culpable. Recuerde usted siempre lo que acabo de decirle…"

Zélie se puso en pie y se acercó a Celia.

—Ahora ya conoces la verdad —le dijo—. Prometí a tu padre que no hablaría nunca, que guardaría silencio... He faltado a mi palabra. Jamás quise revelar lo que nadie sabía. Monsieur Poirot supo convencerme de que debía proceder de otra manera... ¡Oh! ¡Es una historia tan terrible!

—Comprendo sus sentimientos —repuso Celia—. Considerando su punto de vista quizás estuviera usted en lo cierto. Ahora bien, yo me alegro de estar informada de todo. Tengo la misma impresión que tendría si me hubiesen quitado de encima una pesada carga...

—Los dos sabemos a qué atenernos ya —dijo Desmond—. Eso supone mucho para nosotros. Aquello fue una tragedia, efectivamente. Sus protagonistas, tal como lo ha dicho monsieur Poirot: dos seres que se amaban profundamente. Pero no se mataron mutuamente, por el hecho de amarse. Uno murió asesinado y el otro ejecutó a una persona perturbada mental, por humanidad, para que no atentara contra otros niños. Puede ser perdonado si incurrió en un error. Ahora bien, yo no creo que estuviese equivocado realmente.

—Ella fue siempre una mujer que inspiraba miedo —declaró Celia—. Ya de niña, me atemorizaba, sin saber por qué. Ahora ya sé el porqué de mis temores. Pienso que mi padre obró valientemente. Hizo lo que mi madre le pidió que hiciera, lo que le pidió al exhalar su último suspiro. Salvó a la hermana gemela, a la que creo había querido siempre. Me agrada pensar... Bueno, quizá les parezca una tontería lo que voy a decir... —La chica miró, dudosa, a Poirot—. Tal vez usted no piense así. Supongo que es usted católico... Me refiero a lo que está escrito en su lápida sepulcral: «En la muerte no se vieron separados». No murieron juntos, pero ahora creo que están unidos. Siempre lo estuvieron. Dos personas que se amaron intensamente... Y mi pobre tía, en la que pensaré a partir de ahora viéndola de otra manera, porque quizá no estuvo nunca en su mano seguir otro camino, evitar lo que hizo. —El tono de voz de Celia se tornó en este momento más normal—. No fue nunca una persona agradable. Es inevitable sentir antipatía por este tipo de personas. Quizá pudo ser distinta, de haberlo intentado, pero tal vez no pudo. Y en este caso hay que verla como un ser enfermo... Siempre me inspirará una gran compasión. Y en cuanto a mis padres... ya no albergaré ninguna duda. Sé que se amaron mucho, y que también quisieron a la pobre, a la desdichada Dolly.

—Creo, Celia —manifestó Desmond—, que lo mejor que podemos hacer es casarnos cuanto antes. Voy a decirte una cosa. Mi madre no va a conocer esta historia… Se trata en realidad de mi madre adoptiva. Pero esto sería lo de menos. Lo malo es que no se merece que la hagas partícipe de este secreto.

—Su madre adoptiva, Desmond —declaró Poirot—, pretendía inmiscuirse en sus cosas. Quería convencerle de que Celia había heredado algo nada agradable de sus padres, una tendencia determinada, terrible, desde luego… Y hablando de herencias, voy a comunicarle algo que usted ignora, o que quizá sepa. De todas maneras, yo no sé por qué no he de decírselo: de su madre auténtica, de su madre real, que murió no hace mucho tiempo, dejándole todo lo que poseía, va usted a heredar una gran suma de dinero a los veinticinco años.

—Si Celia y yo nos casamos —repuso Desmond—, por supuesto, necesitaremos ese dinero para vivir. Me he hecho cargo de todo lo que ha venido sucediendo. Mi madre adoptiva es una mujer muy interesada y hasta ahora he estado haciéndole préstamos continuamente. El otro día me sugirió la conveniencia de que me entrevistase con un abogado, manifestando que ahora que había cumplido ya los veintiún años era necesario que hiciese testamento. Supongo que estaba pensando en hacerse con el dinero. Yo había pensado dejárselo todo a ella. Claro, ahora las cosas cambiarán. Si me caso con Celia, será mi mujer la heredera… Añadiré que me ha disgustado profundamente la intentona de mi madre de separarme de ella, de sembrar dificultades entre los dos.

—Opino que sus sospechas están bien fundamentadas —indicó Poirot—. Su madre, sin embargo, alegará que sus intenciones eran buenas, que lo que pretendía era que conociese usted con todo detalle los orígenes de Celia, por si se enfrentaba con un peligro…

—Bueno —dijo Desmond—, no quiero mostrarme excesivamente rígido. Después de todo, ella me adoptó, me ha criado, ha cuidado de mí. Si hay dinero suficiente, alguna cantidad irá a parar a ella. Celia y yo dispondremos del resto. Creo que podremos vivir felices, tranquilos, en paz. Tendremos, supongo, como todo el mundo, momentos alegres y momentos de preocupación, pero sobre nuestras vidas no se proyectará ya ninguna sombra, ningún enigma del pasado. ¿Es así, Celia?

—Yo pienso como tú, Desmond. Pienso en mis padres y me digo ahora que fueron dos grandes personas. Mi madre se esforzó por cuidar de su hermana a lo largo de toda la vida. Se había propuesto una misión imposible. Nadie puede impedir que la gente sea como es realmente.

—Queridos chicos —dijo Zélie—, perdonadme que os hable en este tono... Ya no sois unos chicos, en realidad. Sois un hombre y una mujer. Lo sé perfectamente. Me satisface mucho haberos visto de nuevo y tener la seguridad de que no he procedido mal.

—Puede usted estar convencida de ello, mi querida Zélie —contestó la joven, abrazándola—. Usted sabe que yo siempre la quise muchísimo.

—Yo también, de siempre, le tuve mucha simpatía —declaró Desmond—. Estoy pensando en la época en que vivía junto a la casa de los Ravenscroft. A usted le encantaba jugar con nosotros.

Los dos jóvenes se volvieron hacia mistress Oliver y monsieur Poirot.

—Gracias por todo, mistress Oliver —dijo Desmond—. Ha sido usted muy amable y se ha movido mucho para aclararlo todo. También le damos las gracias a monsieur Poirot.

—Sí, muchas gracias —agregó Celia—. Les estoy muy agradecida.

Desmond y Celia se alejaron del grupo.

—Bien —dijo Zélie—. Yo también tengo que irme. —Dirigiéndose a Poirot, añadió—: ¿Qué más hay sobre este asunto? ¿Se verá obligado a hablar con alguna otra persona de él?

—Hay otra persona a quien pienso contárselo todo, en plan de confidencia. Es un oficial de los servicios policíacos, ya jubilado. No desarrolla ya ninguna actividad profesional. Se limitará a escuchar lo que yo le cuente, sin más consecuencias. Ha pasado ya mucho tiempo... Desde luego, de hallarse en activo reaccionaría de otra manera muy distinta.

—La historia de los Ravenscroft es muy terrible —comentó mistress Oliver—. Me acuerdo de las personas con quienes hablé a lo largo de mis indagaciones... Es curioso. Todas recordaban algo. Los detalles por ellas aportados, ciertos unas veces, inciertos y desordenados o vagos otras, precisamente nos han llevado al conocimiento de la verdad. Resulta difícil quedarse con lo que era válido, con lo que podía ser útil al intentar componer nuestro dramático rompecabezas. Claro que por algo contábamos con monsieur Poirot, siempre pendiente del dato más raro, siempre con ingenio suficiente para sacar partido de cosas que a primera vista no decían nada o casi nada: las pelucas, por ejemplo; las condiciones especiales en que se desenvuelven las existencias de los hermanos gemelos, etcétera.

Poirot se acercó a Zélie que, de pie, paseaba la mirada por los alrededores.

—¿No me guarda rencor —le preguntó— por haberla hecho venir hasta aquí, por haberla convencido de que debía hacer lo que hizo?

—No. Me alegro de haberle escuchado. Tenía usted razón. Desmond y Celia forman una pareja encantadora. Reúnen las condiciones necesarias para vivir felices en el futuro. Serán muy dichosos, sí... Nos encontramos en el lugar en que vivieron en otro tiempo dos personas que se amaron mucho. Aquí murieron también. No creo que él obrara mal. Es posible que actuara equivocadamente, supongo que se equivocó, pero no puedo reprochárselo. Creo que actuó valientemente, aunque incurriera en un error.

—Usted también le amó, ¿verdad? —inquirió Hércules Poirot.

—Sí. Siempre. Tan pronto llegué a la casa. Le quise entrañablemente. Creo que él nunca se dio cuenta de eso. Jamás hubo nada entre los dos. Confió siempre en mí y me distinguió con su afecto. Yo les quise a los dos mucho: a él y a Margaret.

—Hay otra cosa que quisiera preguntarle. Él amó a Dolly al mismo tiempo que a Molly, ¿verdad?

—Hasta el fin. Las quiso a las dos. Por este motivo, se prestó a salvar a Dolly. ¿Por qué se enamoró Molly de él? ¿Por qué se inclinó él por la mejor de las dos hermanas? He aquí una cosa que quizá no sepa nunca —manifestó Zélie.

Poirot escrutó durante unos momentos el rostro de Zélie, de grave expresión en aquellos instantes. Luego se apartó de ella, acercándose a mistress Oliver.

—Regresaremos a Londres en mi coche —dijo a su amiga—. Hemos de integrarnos nuevamente en nuestra cotidiana existencia, dejando a un lado las tragedias y las historias amorosas.

—Los elefantes son capaces de recordar —declaró mistress Oliver, reflexiva—. Pero nosotros somos seres humanos y gracias a Dios a los seres humanos les ha sido concedida la facultad de olvidar.